哪一場夢

是妳溫柔

目錄

章一　流連人煙的少女　3
章二　溫柔的錯覺　37
章三　遺憾的重量　69
章四　舊時來信　105
章五　不能說的話　141
章六　喜歡的人　177
章七　坍縮的未來　213
章八　用一場夢思念妳　251
章外　閉一隻眼　289
後記　301

章一

流連人煙的少女

美少女可是不能曬太多太陽的。

六月的豔陽下，少女的腳步輕盈，飛快地路過尋常街道，像是在和每一寸陽光賽跑。現在是早上九點，街上還有些零散人影，多是準備上班的人。放眼望去，早已不見學生身影。

也因此，少女一身青春洋溢的海藍色制服在此時顯得有點突兀。

她路過一家正在做關門準備的早餐店，有隻養在門口的黑色土狗對她輕巧地汪了兩聲。老闆娘一邊清理煎台，一邊往少女的方向看去。

她的表情沒什麼變化，想來可能看慣了遲到的學生。

一陣微涼的空氣拂面吹來，少女這才停下腳步，向著對自己敞開的自動門微微一笑。她走進便利商店，打算尋找能夠坐下來休息的座位，才發現平時明亮舒適的空間瀰漫著一股怪異的氣氛——

她下意識往櫃台看，沒人。

再轉頭，樣子纖瘦的男店員就在座位區旁邊，看那聲量與表情，明顯與站在他對面的禿頭阿伯起了爭執。坐在附近的客人紛紛迴避，一個短髮女店員滿臉慌張地站在飲料冰櫃前，似乎不怎麼敢靠近那兩人。

即使面對這種場面，看戲的少女仍是毫無畏懼，又走近了他們一點。這時，阿伯忽然朝店員高聲怒吼：

「你在懷疑我什麼？我只是問她飲料放哪裡，這樣也不行？」

面對阿伯的怒氣，男店員雖然聲量較小，但回話的語氣很堅定，「阿伯，你在我同事旁邊很久了，她已經告訴你這裡沒賣你要的飲料，你還一直⋯⋯」

「沒有我不能買別的嗎？你看我手上是什麼？」阿伯打斷他的話，激動地晃了幾下手中的鋁箔包綠茶，「只是問你們妹妹一個問題，就把我當成變態，你這是什麼態度！」

「那你為什麼要摸她肩膀？我同事已經很害怕了，麻煩請你離開好嗎？」

聽見這句話，少女又往女店員的方向看一眼，她整個人縮在飲料冰櫃旁邊，又退得更遠了。

「憑什麼要我走？這裡的位子大家都可以坐！我就偏要坐在這裡，你能拿我怎樣？你要收我錢嗎？啊？」阿伯持續叫囂，口水都快噴到店員臉上了。

少女皺了皺眉。

大白天就鬧這一齣，這阿伯不用上班嗎？在這裡騷擾店員妹妹，還真是欠扁。不如，她過去幫忙……

男店員看起來也不耐煩了，便對他下了最後通牒：「阿伯，你再這樣我們就要報警了，你剛才的動作監視器都有拍到，我……」

「監視器？我去你媽的監視器！你在威脅我是不是？」說完，阿伯竟把手中的飲料往他頭上砸。

男店員雖然急忙閃避，但還是猝不及防地被擠爆的鋁箔包潑了一身甜膩的綠茶，他正想退後，阿伯又用力地推了他一把。身材纖瘦的男店員跌坐在地上，引來其他人的驚呼。

有人拿出手機想報警，但暴躁的阿伯完全沒發現，滿腔怒火瞪著坐在地上的男人。看他似乎又想給店員一腳，正在旁觀的少女連忙上前，卻在此時見到一抹白影躍入眼底。

「啊！」

女店員的尖叫聲剛落下，阿伯的身體也「落」在了地面上。才幾秒的時間，那名突然闖出來的白衣男子已將阿伯壓制在地，並把阿伯的雙手強硬地扭在背後，弄得他叫痛連連！

少女愣了一下，目不轉睛地盯著那人的側臉——

他有一頭墨黑的短髮，膚色卻是冷色調的白，耳骨上有一顆低調的黑鑽，如同他的髮色般，將皮膚襯得像是冰涼的白月光。少女原以為他有一張較偏女孩子氣的面容，但在男子不經意地側過臉並正對她時，俐落又剛毅的面部線條在那瞬間吸引了她的視線。

她不自覺地往下看，男子穿了一件白色襯衫，樣式不算太正式，搭配一件黑色的休閒長褲，看起來像是個年輕的上班族……

嘖嘖，他真好看。

像這樣從天而降的帥哥哪裡找？只可惜，白馬王子救的不是她。

「阿任，你還好嗎？」剛才還很驚慌的女店員跑過來扶起男店員，並對出手救人的白衣男子不斷道謝：「先生，謝謝你幫忙！謝謝！」

儘管身下不斷傳來阿伯問候他祖宗八代的咒罵聲，但男子的嗓音低沉有力，輕鬆地壓過了一連串的「噪音」。

「報警了嗎？」

「有人幫忙報警了！真、真的很謝謝你！」

聲音……嘖嘖，還真好聽！

少女勾起嘴角，眼放金光。

沒多久，警察過來帶走狼狽的暴躁阿伯，經過少女旁邊時，她從阿伯的身上嗅出了一股酒氣。喔，看來是酒後鬧事。

少女厭惡地皺眉，下意識側身迴避，餘光卻見到白衣男子朝自己的方向走來。

「先生！不好意思，我們請你喝杯咖啡吧，真的是太感謝你了。」女店員急忙地從身後叫住了他，面露感激之情。當然，那張臉上的淡淡嫣紅，少女可是沒看漏。

「不了，我趕時間，謝謝。」白衣男子禮貌地對兩個店員點了一下頭，便再度轉身朝少女的方向走。

也因此，少女才能看清楚他那雙漆黑的眸子。與俐落、俊朗的五官不同，他的目光含著淡淡的優雅，卻不會過度陰柔，恰到好處的桃花眼細長又清澈，一看就是電翻萬千少女的類型。

當然，她也酥酥麻麻的，躺在那魚池子裡。

不過，男子沒看她任何一眼，便與她擦肩而過，迅速走出超商。

「走得真快。」說完，少女微微一笑，也不管外面還是大太陽，蹦蹦跳跳地跟了上去。

跟在男子後面走了一陣子，她發現他一直在看手表。

「上班遲到了嗎？」少女歪著頭，小小聲地說。

似乎沒聽見她的自言自語，男子快步走到街道旁等紅綠燈。在等的同時，還拿出手機傳了幾則訊息。

少女慢慢地靠近他高大的背影，只差幾步路就能繞到他的前方。但，綠燈卻在這時亮起，白衣男子毫不猶豫地邁開步伐。

「喂，等等我呀！」

少女加快了腳步，但對方也在趕時間，那雙大長腿才跑幾步就輕易地跨越了馬路。

此時，渾厚的引擎聲忽然從遠方響起，才過去幾秒，便捎來她的耳邊。

少女困惑地停在斑馬線上，轉頭一看。

一台黑色的轎車正朝她急衝而來！

「……咦？」她愣在原地，身體逐漸僵硬。

刺耳的煞車聲劃破天際，四周傳來猛烈尖叫。早已過了馬路的白衣男子驚訝地回頭，在街道另一端，將驚悚的畫面盡收眼底——

⁄⁄⁄⁄⁄⁄

「耿向言，你怎麼遲到了？」

才剛在座位上坐好，人高馬大的聶祈風便遞來一杯咖啡，靠在椅子旁邊好奇地問。

耿向言挑了一下眉，以淺淡的優雅目光掃向他的男同事。「……這咖啡是？」

「樓下咖啡廳買一送一，本來想趁熱拿給你，誰知道你晚到三十分鐘。」說完，聶祈風小聲地問：「剪片剪太晚，睡過頭？」

幫忙壓制色狼？路見車禍報警？怎麼想，都是一個精彩的早晨。

於是，千言萬語他只濃縮成一句：「各種意外。總之，遲到的事我跟沛杉姊報備了。」

「喂，你這是打算讓我直接去問她嗎？沛杉姊最討厭遲到的傢伙，我不想被颱風尾掃到。」聶祈風嘆了口氣，「是說你也才來一個月，就不怕被她罵？」

他這話並沒有責備耿向言的意思，畢竟他也不覺得偶爾晚到公司有什麼大不了的，就連他們的主管也不在意。不過，部門的小主管沛杉姊就不是如此了。可能是因為老大幾乎沒在管事，她自覺更該替老大好好監督屬下吧。

但，耿向言才剛來公司報到一個月，遲到之事實屬怪異，聶祈風便想半開玩笑地噹他一下。

「說來話長。」話雖簡短，但耿向言的神情並不會讓人感到不悅。「咖啡，謝了。」

看他的面容略顯疲憊，聶祈風也不再多問，拍了拍他的肩膀便回到座位上。不過，屁股還沒坐熱，聶祈風便察覺有不少人擠在落地窗前好奇地往下看。眾人竊竊私語，不知道在討論什麼。

耿向言也注意到了，但他沒有起身。聶祈風倒是喜歡串門子，拿了桌上的咖啡就過去。

「喂！你們在看什麼？街上有活動嗎？」

有人轉頭看他，嘆了口氣說：「什麼活動？是車禍啦！剛好在我們公司樓下，那台黑車好像撞了白車，整個翻過去了。」

「真的假的？我看看。」聶祈風湊過去窗戶那邊看，果然見到一台警車停在樓下，以及兩台在大馬路中間撞在一起的轎車。他沒看見救護車，想來是已經把人送去醫院了。

他看了一會兒，忽然想起某人，「耿向言，你剛剛才來，有沒有在樓下看到車禍？」

不如說，那警車就是他叫來的。耿向言在剛亮起的螢幕前抬頭，不冷不熱地丟了一句：「嗯，有看到。」

「你有看到人嗎？那車子撞成這樣，不知道裡面的人有沒有事。」聶祈風的聲音聽起來有點擔心。雖然不認識車上的人，但畢竟就發生在樓下，總覺得有點可怕。

少女的身影像海一樣藍，在那瞬間閃過了耿向言的腦海。

他靜了幾秒，才說：「不知道，我沒多問。」

「誰會去問啦！」聶祈風和幾個同事被他逗笑。

「阿言，你真的有看到嗎？是不是很可怕？」忽然，軟綿綿的女聲從耿向言的左後方傳來。

他隨意地回頭，對上江苡薇擔憂的目光，這才發現她把頭髮剪到肩上，還染成了莓粉色。對比學生時期的黑色長髮，確實是轉變不少。

他想起她曾毫無憂慮的笑容，也想起她在步入青春期後漸增的愁容。

也好，或許那象徵一個新的開始。

「苡薇不用怕，妳家言哥是安全駕駛，不會發生那種事。」聶祈風拿著那杯咖啡晃了回來，順道出言調侃兩人。

「你、你不要亂開玩笑啦！」江苡薇慌慌張張地擺手。那張溫柔可人的臉蛋，浮上了幾朵可疑的紅雲。

耿向言倒是沒什麼特別的反應，把手放在滑鼠上，就開始做昨天沒忙完的工作。

「……這傢伙不會是木頭吧？」聶祈風無奈地搖頭。

當然，他這句話的音量很小。據說耿向言的爸爸是警察，年少時教了兒子不少拳腳功夫，他可不想被耿向言揍。

啊，他好歹也算公司前輩，身為菜鳥的耿向言應該不敢打他吧？

……應該吧。

看了耿向言那如人體雕像般優越的背影一眼，確認他沒聽到後，聶祈風才終於肯回自己的位子上工作。

不過，耿向言本人可沒有想浪費力氣的意思。耳力不錯的他，儘管聽到了聶祈風毫無意義的自言自語，但根本懶得理，更別說揍人。忙了一陣子之後，他從位子上起身，往茶水間的方向走。

今早忙著處理色狼阿伯，沒時間在超商買早餐。他記得聶祈風說過茶水間有一些零食，便想去看看。

才剛蹲在零食櫃前面找了一會兒，耿向言的頭上便罩下一層陰影。他下意識往旁邊避開，抬頭看，妝容精緻的長髮女人手上拿著兩包洋芋片，對他親切一笑。

「……沛杉姊。」耿向言禮貌地喚了聲。

「你餓了嗎？我推薦這個，很好吃喔。」她伸手把兩包餅乾推給他，聲音比平時輕盈許多。

耿向言愣了一下，才剛半推半就地接下，林沛杉又探頭進零食櫃翻了翻，拿出了幾個玉米棒給他。

「還有這個，我小時候最愛吃的，很解饞……不對，有時候會愈吃愈餓。」

「啊！居然還有雪花餅！喔？巧克力耶，放這裡會不會長螞蟻？」

「科學麵！這個這個，你吃了絕對飽，我以前熬夜的時候只要吃一包就不餓了，粉包要全加才好吃……」

林沛杉嘰嘰喳喳地說著，快要把零食櫃翻了個底朝天，等她心滿意足，耿向言的手上早就堆滿了無數零食，不說還以為要去普渡。

「……」耿向言挑起一邊眉。

「免費的就是特別香。」像是在自言自語，林沛杉從地上起身後高興地拍了兩下手。最後，她朝耿向言投以一抹略帶嬌媚的笑，「好了，快吃。」

耿向言靜了兩秒，才出言道謝，「……謝謝沛杉姊。」

儘管這都是主管塞給他的東西，但他回到辦公桌後，還是招來了一堆驚奇的目光。

「耿向言，你拿這麼多幹嘛？你吃得完嗎？」聶祈風驚訝地問。在他的記憶中，耿向言很少吃零食，為人更是十分低調，不太可能做這種會被側目的事。因此，他還低聲提醒耿向言：「你忘了上次總機有公告嗎？吃完了再拿，不然有些人沒得吃。」

耿向言看了他一眼，「這是剛才沛……」

「耿向言，你沒吃早餐嗎？」

他才正要說出林沛杉的名字，「她」便出現在兩人的身後。聶祈風小心翼翼地回頭，林沛杉正皺眉看著耿向言放在桌上的零食堆。

「你既然都報備了，可以買個早餐再上來。這麼多零食吃了不會飽，看著也不太好。」一如往常冷靜地把話說完，林沛杉便往她的主管桌坐下。

雖然她的語氣不冷不熱，也不像責備，但聶祈風還是拿走了耿向言手上的幾包餅乾，刻意用輕鬆的語調說：「謝謝你幫我拿啊！喏，苡薇，耿向言也幫妳拿餅乾了。」

江苡薇徬徨地接住聶祈風丟過來的兩包洋芋片，結巴地說：「喔、喔！謝謝阿言……」

耿向言知道江苡薇不擅長說謊，但也不想戳破聶祈風的好意，便再把一些餅乾分給他們，而後拉開椅子坐下。林沛杉抬頭看了幾人一眼，沒再多說什麼。

電腦螢幕早已暗了下來，映照出耿向言眸中的一縷思量。他的目光緩緩地在螢幕上流轉，最終平穩地停在自己的臉上。

不知怎地，他在那一瞬間聽見了輕巧的鈴鐺聲。

／／／／／

畢業前，耿向言就在這間小型的創意影像公司實習過，也覺得環境、薪水不錯，因此在役畢後便馬上來這裡面試，很順利地被一些熟面孔錄取。聶祈風和林沛杉，都是他在實習的時候很照顧他的前輩。

而江苡薇，是從小和他一起長大的青梅竹馬。她聽說耿向言在這裡上班，也對自己的職涯沒什麼想法，就過來應徵了企劃助理。幸好她在耿向言當兵的期間在另一間公司有過企劃經驗，這才幸運地錄取。

為了避嫌，對於她的工作機會，耿向言絲毫未介入。兩人是青梅竹馬的事，其餘同事也是等江苡薇成功報到後才碰巧知道的。

「阿言，你要上去吃飯了嗎？」午休時，江苡薇習慣性地跑過來找他。

聶祈風也過來拍他椅背，「走走走，別忙了。」

「嗯，走吧。」他點頭。

耿向言喜歡這間公司的原因之一，便是中午有供餐。公司的老闆另外有投資，在大樓頂層開了一間不錯的餐酒館，也很慷慨地留了幾間小包廂給員工。除非臨時要招待重要客人，不然公司的員工中午都可以免費上去點餐。

部門一行人邊聊邊往餐廳去，這本該一如往常的日子，確實從早上開始就有些不尋常。耿向言才剛點完餐沒多久，在廚房工作的助理便拿了一兩盤招待的前菜料理給他。

重點是，「只」放在他的面前。

「你那麼瘦，多吃點吧？」丟下這句話，助理就走了。

「……耿向言的桃花果然很旺。」不常開玩笑的林沛杉，偶爾也會丟出一句讓人噴飯的話。

「沛杉姊，不是吧？」聶祈風忍笑忍到快死了，「那助理……」是男的。

耿向言的眉眼很冷靜，但看得出來往上翻了一點。

聶祈風覺得耿向言看起來「姑且」是個善良的男人，有時候卻會莫名散發一股黑道氣息……應該說，眼神裡有殺氣。怪了，明明就是優雅的桃花眼？

「奇怪，那個人平常臉都很臭耶。」江苡薇也看過那個男助理幾次，不知道是不是因為在廚房工作容易煩躁，那人出餐的時候總是沒給過一張好臉色。

有次她剩飯太多，還被那個助理念了幾句，搞得她現在有點怕他。

「嘖嘖，耿向言，那傢伙突然對你這麼好……你有頭緒嗎？」聶祈風眉頭一皺，感覺事情不單純。

但他的戲謔語氣暴露了看戲心態，馬上又被耿向言白了一眼。

「我看你挺羨慕的，要不這些都給你吃？」耿向言馬上把那兩道菜推給他。

「不不不，等一下我被助理小哥打。是說，你們不覺得他今天的語氣有點嬌嗎？」聶祈風回憶起廚房助理的語氣，總覺得有點毛毛的。畢竟他是直男，還是喜歡看妹子嬌媚。

「不要一直談論人家，我可不想午飯被下毒。」林沛杉出聲制止他。

「……沛杉姊妳剛才明明就在偷笑啊。」

「哈哈哈！」

江苡薇笑得開心，但事主本人完全笑不出來。耿向言輕輕地嘆了口氣，有意無意地往包廂門口掃了一眼。

明明四周都是料理的香氣，他卻隱約聞到一股清新的花香。只有一瞬間，和鈴鐺聲一樣。

是錯覺嗎？

「你們說，助理小哥等一下會不會端個龍蝦進來？」聶祈風果然還是不放過這話題。

思緒被打斷，耿向言抿起一抹優雅冷笑，看似也想打斷聶祈風的腿。

來了，就是這眼神！聶先生寒毛直豎。

幸好，後續助理小哥沒再端什麼特別的菜過來，不然他們真的「男以理解」。不過，這莫名其妙的桃花風波，在下班時間又以更令人困惑的方式席捲而來——

「阿言！為、為什麼門口的保全追著你跑啊！」江苡薇跟在耿向言的身後，跑得氣喘吁吁。她平常不愛運動，這一跑真是快把她折騰死了。

耿向言其實也沒要她跟上，他只是受不了那保全阿伯奇怪的眼神，想早一點離開公司樓下。

「……我怎麼知道。」耿向言已經懶得思考今天到底是怎麼回事了。

兩人一起過了馬路，沿著街道跑一陣子，幸好也在回家的路上，不至於多跑冤枉路。

「我想想，阿伯剛剛說什麼來著？」江苡薇喘了幾口氣，忍不住慢下腳步，「他叫你回家小心，還、還、還有……」

「『需不需要送你回家』。」說完保全阿伯那句語出驚人的話，耿向言有點反胃。儘管暫時沒有戀愛的興趣，他姑且也是個直男。

「阿言，我聽說有些人去拜完狐仙之後，桃花會變得很旺。」江苡薇靠近他一步，小心翼翼地問：「你該不會……」

「不可能是求這種桃花好嗎？江苡薇。」他難得念出她的全名，語氣雖淡，聽起來卻有些氣惱。

江苡薇見他停下了腳步，夕陽將他高大的影子拉得更長，而她，就踩在他的影子上。明明不算親密，腳下卻如愛戀的心情般微微發燙。

小時候，他們遠比現在親暱。懂事之後，她沒能早點發現自己的心情，卻察覺環繞在耿向言身邊的愛慕目光如同碳酸氣泡，在她心裡發酵。

滋長得慢，懂得也慢。

要是，能早一點發現就好了。

「也對，而且……阿言你本來就很受歡迎嘛。」她的嗓音很軟，笑容也是。卻有些傷感。

耿向言望著那樣的她，無奈地抿起一絲很淺的笑意。

兩人聊天的節奏很慢，足以襯托漫天夕色，共同譜出一段愜意的時光。耿向言已經把今天的怪事拋到腦後，安靜地聽身旁女孩對入職的感想，偶爾建議她幾句，就像他一直以來對她的關照。

「啊，到了。」江苡薇在電梯前停下腳步。

耿、江兩家住在同一個社區，但是不同棟，耿向言要是有和江苡薇一起下班，就會陪她走到她家樓下的電梯。

耿向言看了看她，平靜地點頭，「回去休息吧。」

「對了，阿言……」

「嗯？」他正要走，卻看她欲言又止。

江苡薇望著他溫潤如玉的眸子，還是決定不說了。她搖頭，笑容輕柔，「那，我先回去啦。」

他看著她嬌小纖弱的背影，確認她已走進電梯，便轉身離開。

往另一棟大樓的路上，耿向言隨意地看了下手表，感受到拂過臉頰的風似乎比以往多了幾分涼意。他特別喜歡傍晚，天空以優雅的節奏漸漸邁入夜色，讓他的思緒如同共鳴般走向寧靜。

那和他的心，非常相似——

「耿向言！」

忽然，他的身後響起一陣急促的腳步聲，砸亂他梳理好的安寧。他詫異地回頭，江苡薇那嬌柔的身影正朝他飛奔而來。

「苡……」

「我想去你家吃飯！」

她在他眼前停下，距離很近。眼角略帶媚意，笑容卻極其清新。

耿向言皺住了眉，而她揚著笑問：「不行嗎？我們住這麼近……」

他審視她的面容，明明毫無改變，卻從骨子裡散發一股蓬勃的朝氣。那雙溫柔的眸子，此刻竟是俏皮又嬌媚。與多情的眼神不同，她的脣邊化開一抹清澈無畏的笑意，沁人心脾。

苡薇，已經很久沒有那樣笑了。

「……別鬧了。」

耿向言出聲打斷她，嗓音依舊淡漠，卻多了一絲慎重。

「我沒鬧，只是想找你吃飯，肚子餓了。」

她如銀鈴般一連串說完，對上耿向言深沉的目光——

啊，原來他也有那種表情。

雙眸如玉般優雅，五官卻堅毅立體。此刻，目光更是染上一層疏離。好難讀懂的一張臉，好難親近的一個人……

「我是說妳。」他說完便主動靠近她一步。

她愣了一下，而他悠悠嘆息，或許還有幾分不高興。

「麻煩妳，離開『她』的身體。」

悅耳的鈴鐺聲再度響起，距離出奇地近。她的雙眸漸漸瞇起，蜜一樣的光澤就快滿溢。

在那瞬間，她的笑意溢出眼底，突破了靈魂的禁錮。

「……你發現了？」

／／／／／

耿向言不習慣和別人說太多自己的事，也包含他藏在心中的一個秘密——

他有陰陽眼。

小時候，他只能見到一些模糊影子；長大後，能看到的「人影」愈來愈清楚，甚至還有各種形式、模樣。

他不清楚那些「形式」有沒有規律，但在他的經驗裡，不帶惡意的「阿飄」通常形體很清楚，樣子看起來也不恐怖。沒仔細看，可能還看不出來那些存在並非人類。

當然，他也看過恐怖的。年紀還小的時候，他在大馬路上撞見過一個血肉模糊的影子，當時他還驚慌地告訴了身旁的爸媽，但他爸鐵齒，不信鬼神，還不高興地罵了他一頓。

他媽媽雖然信他，卻也叫他當作沒看到就好。於是，從小沐浴在超自然事件裡的耿向言，很快就對這些存在見怪不怪了。

並不是他特別勇敢，而是他發現，如果讓那些存在知道自己看得見的話……恐怕會比現在的情況更麻煩。

「你看得見我？」

「她」並沒有離開江苡薇的身體，而是狐疑地問他。但她的臉上仍帶著笑，似乎感到很新奇。

耿向言安靜地望著她，沒有馬上回答。他還在揣測這隻「飄」的個性，以及目的。畢竟人家還附在江苡薇的身上，要是出了什麼問題就不好了。

而且，對能附身人類的飄，他所知甚少，也或許是因為他無法輕易辨識出的關係。

「不對，是因為我附在『她』身上。」她自己得出了結論，「找熟悉的人果然不好，一下子就被發現了。」

「妳……」他嗓音沉靜，好像已經很習慣這種場面，「需要幫忙？」

她又愣了一下，語氣有點好笑，「難道，你很常撞鬼嗎？好像很熟練一樣。」

耿向言挑眉，正在思考這問題需不需要回答，對方已伸出手在他眼前揮了兩下。

「算了，先把『她』還你，下次再找你。」她把自己對他的執著說得理所當然，彷彿一個浪漫的邀請：「要等我！」

說完，她退後兩步，閉眼之前似乎看出耿向言臉上的疑惑，又說：「你不是擔心『她』嗎？還你就是了。」

所以才願意輕易地離開？

耿向言沒應聲，見她緩緩閉上雙眼，嘴裡吐出兩字：「接好。」

「接好？」

那傢伙的每一句話都讓他摸不著頭緒，片刻之後，他才終於懂她的意思。

江苡薇的身子忽然失去力量，疲軟地往後倒。耿向言反應快，往前一步，將她安全抱進懷中。這時，耳邊響起清脆的鈴鐺聲——

他抬頭看，少女的身影憑空出現在空中。他想看清那張臉，但她早已轉過身去，那頭染成奶茶色的飄逸長髮隨她的動作擺動，恰好落在肩胛骨下方。她本該是另一個世界的存在，可此刻竟耀眼得像個活生生的人。

待她翩然落地，鈴鐺聲又再度響起。耿向言注意到她手腕上的飾品，銀色的鈴鐺吊在編織手環上，正輕巧地晃動著。

「怎麼找他，才不會讓他不開心？」少女爛漫地將手背在身後，語調輕盈。海藍色的百褶裙將她的白皙皮膚襯得發光，也順勢帶回了他的記憶。

忽然，呼嘯而過的黑色轎車閃過腦海。

那是他第一次親眼見到車禍。

當時，那台轎車就這麼碰巧地在他過完馬路後，彷彿沒看見紅燈似地往斑馬線上直衝而來。聽見引擎聲後，他回了頭，竟見到一名身穿高中制服的少女站在原地，望著黑色轎車動也不動。

在所有人都來不及反應的時候，黑色轎車急速衝向站在斑馬線上的少女，並在大馬路中央撞上一台正常行進中的白色轎車。

而少女，依然安穩地站在斑馬線上，毫髮無損。

原來……她早就死了。

原來，她那時候就跟上他了。

╱╱╱╱╱

她很特別。

就算她紅顏薄命，早早便做了阿飄，她也認為自己是最特別的那一隻——畢竟，她不像電視劇裡的經典款阿飄，什麼事都不記得。她不只記得她死於一年前，還記得死因，最重要的是，她記得她叫姚子螢。

不過，現在！她有一件更重要的事！

「怎麼找他，才不會讓他不開心？」

姚子螢才剛離開「她」的身體，正覺得神清氣爽，但又馬上被煩惱淹沒。啊，還是自己的身體好使……不對，她沒有身體。

各種思緒胡亂地在腦子裡擠成一片，她把手背到身後，想了又想，才又轉身看「他」。

在公司跟了他一整天之後，她當然知道那個男人的名字。

耿向言……雖然聽起來像鋼鐵直男，但接觸過本人後，又覺得他還算機靈。要不然，怎麼會發現她在那名叫江苡薇的女孩的身體裡？

該不會是她演技不好？

姚子螢狐疑地盯著那個男人，而他正好撇過臉，面無表情地把江苡薇橫抱起來，往另一個方向離開。不對啊，不是那邊……

不對！他剛才是不是看了她一眼？

意識到這一點，姚子螢用光速「飄」過去，硬生生擋在耿向言面前。耿向言明顯愣了一下，但並沒有看她。

她就那樣望著他，安安靜靜地勾起一抹笑。眼尾上揚的狐狸眼搖曳著似水的光澤，緩緩地隨她如蜜般的笑容溢出脣邊。

「你是真的看得到我吧？耿向言。」這回，她用的是自己的聲音。比江苡薇那把軟綿綿的嗓子還明亮，少了一些惹人憐愛，卻多了一絲清甜。

「……」他的表情毫無變化，卻緩緩地將目光移到那張若有所思的臉上，「妳找我有事？」

「你真的能看見我！天啊！」見他乾脆地承認，她雙手摀住嘴，高興地在空中轉了一圈，又回到他面前，「你怎麼一點都不驚訝？該不會你已經很習慣了？也對，假如你從小就有陰陽眼的話……」

耿向言不打算滿足鬼的好奇心，應該說，那隻鬼也沒打算等他回答。

他抱著江苡薇往前走，卻發現那隻過度興奮的阿飄仍然跟著他，因而幾不可見地嘆了口氣。原本他打算裝作看不見的，誰知道自己因為早上的事，忍不住多看了她兩眼，才被這隻機靈鬼發現。

算了，她大概是有事相求。早在他還不懂得裝成「麻瓜」的那幾年，他就幫過幾隻心願未了的阿飄。找兇手報仇他是絕對做不到，但找個家人、傳個遺言，還是能幫忙的。

只不過……那樣的女孩，去世得有點早啊。

耿向言背對著她，卻想起了她朝氣滿滿的笑靨。說真的，她一點也不像鬼。

反倒笑得比活著的他更亮眼。

「等等！你要帶她去哪？她家在那裡喔！」她愉快地飛到他身邊，看了他的臉一陣子，發現他不為所動地繼續走，原先充滿好意的臉上忽然閃過了一絲微妙的情緒，

「你，該不會想……」

耿向言抬眼看她，而她一臉嫌棄地說：「……好色喔。」

他愣了一下，發現她的目光停在江苡薇身上，又微妙地往自己家的方向掃了好幾眼。

「……」耿向言臉一黑。「她還沒醒，難道要把她放在樓下？」

而且，是關她什麼事？

「但她家明明在那個方向啊。」她還在抹黑他。

「……我抱著昏迷的她回去，更難解釋。」耿向言忽然覺得認真解釋的自己也很可笑。

姚子螢的眼中閃過一道光，終於想通了，「咦？對耶！還是你想得周到。」

哪來的天兵鬼？

耿向言忍住想翻白眼的衝動，繼續抱著無辜的青梅竹馬走。

幸好，沒走幾步路她就醒了。也幸好，她本身有個難以啟齒的「毛病」，在發現自己莫名其妙地從耿向言的懷中醒來後，江苡薇只是害羞地從他身上彈開，沒多問什麼就回家了。

至於「那個毛病」，就是夢遊。

小時候江苡薇很常來他家玩，耿向言也不是第一次見到她在午睡中夢遊了。

不過，他倒是突然想起自己的主管林沛杉。沒猜錯的話，她早上也被這隻調皮鬼附身了吧……那她是在哪裡醒來的？

還有廚房助理，以及倒楣的保全阿伯……

「發什麼呆？你的小女友已經走了喔！」姚子螢伸手拍了他的肩膀兩下。

當然，耿向言並沒有從肩上感受到任何重量。唉，她畢竟是隻鬼。

唉，她要纏著他到什麼時候？

「她不是我女友。」耿向言嘆了口氣，在終於走到電梯前面的時候，回首凝視那張帶笑的臉。「妳有事要找我幫忙？」

她有一張小巧精緻的臉蛋，五官不算特別立體，卻恰到好處地勾引他人目光。一雙媚眼蕩漾如蜜，時而單純，時而狡黠，完整體現在她靈魂中並存的純真與邪氣。

耿向言有點好奇，她因何而死。如此相貌，只能說是紅顏薄命。

「也可以這麼說。」姚子螢像個人類一樣落地，輕盈地走到他面前，「我有一個問題想問你。」

「什麼問題？」

耿向言設想過許多可能，以前，他也不是沒遇過來「問事」的飄。有些飄因為不明原因無法靠近自己的親人、愛人，還會來問他那些人過得好不好。他家又不開徵信社，雖然老爸剛好是個警察，但他爸鐵面兼鐵齒，耿向言也不能找他幫忙，只能想辦法路過事主身旁，看看他們過得怎麼樣。

由於接過太多他愛莫能助的要求，或者是幫忙起來會很尷尬的事，他後來大多選擇裝成「麻瓜」，眼不見為淨。

不過，要是沒解決這隻調皮鬼的煩惱，他怕是會被纏到天上去。

姚子螢認真地皺眉，雙手握拳放在胸前，目光真摯地問：「那個叫江苡薇的女生，真的不是你的小女友？」

「……」這是什麼鬼問題？這是她剛剛才想出來的吧？

姚子螢似乎看得出來他有多無言，但她也沒打算在乎他的心情，而是高興地把小手往他的肩上一拍。當然，他還是沒感覺。

「那就好！走吧，去你家吃飯。」

姚子螢依然沒放棄那場「飯局」，甚至伸手幫耿向言按了電梯。要是警衛在這時看監視器，肯定會被鬧鬼的電梯嚇死。

她又沒身體，是要怎麼吃飯？難道他要把食物擺上供桌？

耿向言覺得自己又快翻白眼了。

但那位大小姐並沒有解答他心中的疑惑，而是一路蹦跳，跟進他家門。當她見到玄關外幾雙大小不一的鞋子，還輕飄飄地說了句「哎呀，你不是一個人住耶」。是想幹嘛？

耿向言懶得問她，一邊在心裡向爸媽道歉自己帶了不乾淨的東西回家，一邊打開走廊的燈。這時間，果然還沒人回來。

「哎呀，家裡沒人耶。」她又輕飄飄地說。

耿向言無視她，直接進了自己的房門。把隨身物品都放下後，他才轉身正視那隻左顧右盼的調皮鬼。

「說吧，找我到底什麼事？如果妳有煩惱，我盡量幫忙。」說完，耿向言又嘆：「別再說什麼想吃飯了。」

「想吃飯不算煩惱嗎？」她歪頭問。

「……妳真的只是想吃飯？」意思是她沒人祭拜？

她沒回答，倒是近了他幾步，「不吃飯的話也行，讓我吃點別的吧。」

耿向言挑眉看她，而她輕巧地走來，瞬間拉近彼此的距離。他能見到她那雙眸就在自己眼前，小巧的鼻似乎快要碰上他的。

她的身上明明沒有人煙氣息，可他卻彷彿能感受到她眼中散發的妖嬈熱氣——

「……」

等等，不會是他想的那樣吧？

哪一場夢 是妳溫柔

章二

溫柔的錯覺

姚子螢知道自己和他差距大概有二十公分，但好在她能飛，把臉湊到他眼前不算難事。這麼近一看，她又更迷戀那雙眼睛，平穩無波，似星辰一樣安靜。那一刻，她其實已忘了自己說過什麼，只顧著欣賞他過分冷靜的表情。

這麼冷靜好嗎？

要不是她無法碰觸他，她可能真的會吻他喔……

半晌，他的脣角鬆動，低沉的嗓音如砂礫般墜入她耳裡。

「……妳還是高中生吧？」

姚子螢愣了一下，笑意凝滯在脣邊。回神時，耿向言已退後一步，直視她的眼睛。

她下意識避開那目光，往自己身上的百褶裙看了一眼。

「高、高中生？啊，制服……」她好像理解了他那麼問的原因。

「不要隨便對男生說這種話。」耿向言挑了下眉，那似乎是他的習慣動作。

他、他是在說教嗎？這麼說，他也知道自己在調戲他吧。

姚子螢笑得有點尷尬，雙手往自己的臉指了指：「喂，我滿十八歲了喔！」

「一樣，是高中生。」

耿向言的語氣太理所當然，她忍不住又抗議：「高中生為什麼不行？大學生就可以嗎？還是你不喜歡高中生？」

她的問題很難回答，也不需要回答。說到底，這傢伙只是一隻調皮鬼，不是妖怪，她說想「吃點別的」八成也只是說笑。

只不過，他看不慣這樣小小年紀的女孩隨便調戲男人，要是她因此遇到危險……不，她已經死了。

耿向言淡淡地瞥她一眼，而她雖然正在抗議他的「偏心」，但仍是那副什麼都不怕的樣子。

難道她真的是妖怪？總覺得她笑起來……有點像狐狸。

耿向言不動聲色，把話題導回正軌：「我再問一次，妳有什麼事要幫忙？我爸快回來了，他八字有點重，妳可能會不舒服。」

他是不知道八字對她有沒有很大的影響，但他爸這麼鐵齒，應該也是因為從來沒有遇過「怪事」。由此推測，「祂們」可能不喜歡靠近八字重的人類。

他看她又呆了一下，耐著性子等。

沒多久，她似乎是想好了，重振旗鼓般地揚起好看的笑容。

「我沒有什麼事要幫忙，但，有件事想問你……」

耿向言沒好氣地接話：「苡薇不是我女朋友。」

「咦？我不是要問那個啦！」說完，她嬌羞地扭了幾下，「不過，這我也很想知道。」

沾沾自喜是怎樣？雖然她長得漂亮，但他心裡還是有點毛毛的。

下一秒，她再度勾起嘴角，淺笑的餘波一分不少地盪入他眼裡：

「要不要陪我玩？」

「……」

「等等！你別想歪喔！」他還沒做出反應，她便急著解釋：「就是字面上的意思。我很無聊，你剛好又看得見我，我希望你能陪我玩一陣子。別擔心！我絕對不會害你！」

剛剛才說出那種話的人，竟要他別想歪？

不過，他倒不擔心她會害自己。這傢伙怎麼看都不像壞鬼，只是性格有點……

「我也不會吃你豆腐。你看，我又摸不到你。」說完，她竟然伸手朝他胸前襲去，雖然那隻手直接穿過了他的身體，但他還是很無言。

「作為交換，我會幫你預測一下彩票號碼……雖然我從來沒猜對過。沒辦法，這種事情也是需要天分的，像我同事就做得很好。啊，但我很會附身喔。」

耿向言望著她毛遂自薦的樣子，還以為自己在面試新人。很會附身算是專長嗎？能預測彩票號碼的「同事」是誰？不對，他好像被她牽著鼻子走了。

如果只是聊聊天，他倒是無所謂。但被這種東西纏久了，怕是會有不良影響。

「砰！砰！」

耿向言還在思考，房門外卻忽然傳來不明的聲響。不只將他的思緒打斷，也把眼前那隻調皮鬼震到了自己身邊。

她「抱」住耿向言的手臂，驚慌地問：「那、那是什麼？你們家有什麼怪東西？」

……妳就是最怪的東西。

「不知道，去看一看。」耿向言平常懶得說那麼多話，但面對她，他算是有耐心了。

耿向言打開房間的門，對面忽然又傳來怪異聲響，仔細一聽，是來自某人的房間。

他看了一下底下的門縫，漆黑一片，而且這時間那人應該還沒回來才對。

難道又有另一位神秘訪客？

他伸手輕輕敲了門，卻沒再聽到什麼怪聲。這時，他下意識往後瞥一眼，那隻調皮鬼小心翼翼地跟在他後面，一臉害怕……鬼本人是在怕什麼？

耿向言回過頭來，直接轉開門把，一腳踏入房間。令他意外的是，房間內並不是一片漆黑。他望向唯一的光源——電腦螢幕，以及不動如山地坐在電腦前的某人。

螢幕的光偏暗，比起周遭也沒亮多少。耿向言凝神一看，看出電腦螢幕正在播放某部電影。但他完全看不出來那部電影在演什麼，只見有個黑色長髮的女人站在夜色中，面目模糊不清。

房間裡迴盪著詭異音效，恐怖的氣氛不斷疊加，正當耿向言準備出聲時，螢幕中的視角忽然拉近，露出一張血肉模糊的臉！

「呀啊啊啊啊！有鬼啊！」坐在電腦前的黑髮少女爆出尖叫，整個人從椅子上彈了起來。

「啊啊啊啊啊啊啊！有、有鬼啊啊啊啊！」飄在身後的少女叫得更大聲，整個「人」在房間裡亂竄！

「……」

她要不要聽聽看她到底在講什麼？

耿向言不確定自己今天嘆了幾次氣，只覺得一切都很荒唐。等尖叫聲停下來之後，他上前把影片按了暫停，便望向那名一臉驚恐的黑髮少女。

「……云云，妳今天不用打工？」希望她能從他的語氣中聽出無奈。

「哥？你下班了喔。」耿湘云尷尬地笑了笑，站直彎曲的身子，柔順的黑直髮自她雙頰旁如瀑布般傾瀉而下，落在腰際的位置。「我身體不舒服，今天跟店長請假。」

「不舒服？妳尖叫聲還挺有精神的。」耿向言面無表情地吐槽。

「哎，興趣嘛！看個鬼片我精神就來了。」耿湘云又笑了一下，可沒多久，她竟收斂了笑容，臉上漸漸浮出驚懼神色。「哥，你後面那是……」

耿向言愣了下，轉身望向自己背後。調皮鬼還「飄」在那裡，心情似乎緩了下來。但她雙目圓睜，目不轉睛地盯著耿湘云的方向看，像是見到千年一遇的奇景。

她的瞳孔中浮爍一縷奇異的光，發散著她身上不該有的生命力，有種說不清的耀眼。

或許，這一刻，目不轉睛的人是他。

他意識到自己看得太專注，很快便回了頭。但耿湘云仍望著同樣的方向看，他不禁想，難道「她」是一隻特別的鬼，能被普通人看見？

還是，她真的是一隻妖……

「騙你的！哈哈！」耿湘云的笑聲打斷了耿向言的思緒。

「……」

她收回驚懼的表情，笑著望向臉色平靜的哥哥一陣子，才沒趣地說：「沒嚇到嗎？也對，你看得見，當然知道那裡沒東西了。」

不，那裡的確有東西。

而且，她這演技連鬼都騙過去了。

「嚇死我！我還以為你全家都陰陽眼。」在他身後的姚子螢迅速地飄到兄妹倆之間，吐了吐舌。

耿向言幾不可見地瞥她一眼，才開口問耿湘云：「吃飯了嗎？」

「還沒！」姚子螢馬上插嘴。

「剛才有吃餅乾，沒很餓。」耿湘云當然沒聽見她的聲音，一雙和哥哥極像的優雅眸子輕輕眨了眨，「怎麼了？哥，你今天要煮飯？」

耿向言看了一眼手表，點頭，「嗯，我去準備。」

「好。」

「哇，你要煮飯！賢慧的男人！」

耿向言離開妹妹房間，往廚房的方向走，那隻調皮鬼的聲音卻追進了他的耳裡。她家裡沒有會煮飯的男人？

他邊走邊思考，到了廚房才發現自己想了太多關於她的事。問她生前的事情並不禮貌，這些問題大概是無解了。

他安靜地打開冰箱，她果然把頭湊了過來，一臉好奇。

「你要煮什麼？」問完，姚子螢又說：「你是要煮給我吃的，對不對？」

耿向言愣了一下，抬眼看她，「嗯？」

「聽你妹那樣說，感覺你好像不是天天煮飯。」姚子螢退後一步，把手背在身後，甜甜地笑，「我猜對了嗎？」

她是猜對了，但他不想告訴她正確答案。要是這答案讓她露出了更真心的笑容，他會有種耽誤了她的錯覺。

他不想讓少女有更多流連此地的理由。

姚子螢似乎也不在意他總是不回話，或許，她已經習慣耿向言的寡淡性子。在他忙碌的時候，姚子螢只是在一旁看，也沒搗亂。倒是那張停不下來的嘴，一口一句閒聊，偶爾還會伸手幫他開冰箱。

幸好他那熱愛靈異事件的妹妹沒看見，否則她可能要纏著他問上一整天，說不定還會搬來筆仙之類的東西找「她」說話。

等他弄好五菜一湯，姚子螢探頭吸了好大一口香氣……也對，據說「祂們」都這麼吃東西的。

晚餐端上桌的時候，耿向言的爸媽還沒回來，兄妹倆也習慣先吃飯，便坐在餐桌前邊吃邊看節目。

姚子螢已經吸了飯菜的味道很多次，耿向言都當作沒看見，但當她的眼珠子往耿湘云的臉上轉去時，他就警戒起來了。

姚子螢沒發現他的視線，只覺得很饞。

好久沒用嘴吃飯了，不如……

她悄悄靠近坐在沙發上的耿湘云，耿向言卻忽然起身，在他妹妹身邊一屁股坐下。

耿湘云奇怪地看了看他，「哥，你幹嘛坐這麼近？好噁心。」

「……」耿向言淡淡地瞥妹妹一眼，改變了主意，起身走遠，「有妳這麼嫌棄親哥的？」

「我哪有？」

聽見兄妹鬥嘴，姚子螢暫時沒動作，轉頭看了看耿向言的背影。而他在自己的房門前停下，側身看「她」，像是在喚她過去。

叫她嗎？是嗎是嗎？

當姚子螢興奮地飄到他身前，他便進了房間。門關上前，他還聽見妹妹在客廳大聲嚷嚷。

「哥！你幹嘛回房間吃了？要自閉喔！」

「我開玩笑的，你玻璃心喔！」

「哥，你要自閉的話會更嗯……」

耿向言關上門，把不知情的麻瓜隔絕在外。姚子螢好奇他想做什麼，才剛靠近他一點，他俯視她的那雙漆黑眸子便映出她無辜的臉孔。

他眼裡，似有千言萬語。

「妳叫什麼名字？」他低聲問。

「我？」姚子螢愣了一下，「也對，還沒告訴你……」

「姚子螢」三個字剛要說出口，她卻忽然停了下來。想了幾秒，她才說：「叫我姚姚吧！」

「……瑤瑤？」

姚子螢伸出自己的手，在掌心上寫出「姚」字。看耿向言沒多說什麼，才鬆了口氣。

在祂們那個世界，名字還是挺重要的。她才不想哪天突然被超渡，或者是被查出生前的事。

總覺得好沒有隱私啊。

姚子螢正在心裡盤算要怎麼舒服地和耿向言相處，但他的模樣欲言又止，靜下來的雙眸鍍上一層離別的光影。

「姚姚，我沒辦法陪妳玩。」他輕聲嘆息，看來並不是討厭她。

姚子螢揚笑的嘴角收斂了一些，她小心翼翼地看了他幾秒，嗓音卻依舊明亮，「喔！你應該很忙吧？」

「不忙。」他清淡的兩字讓她的笑容又少了一些。

「那……」

「我能幫妳的忙有限。」而且，她或許也有該去的地方。

「就說了，我不需要幫忙……」她輕輕蹙眉，像是抱怨，但溫和的眉眼裡卻看不出真正的情緒。她想了想，慢慢說：「我打擾到你了吧？可能你也有點怕我。」

「那是不會。」他望著她的眼睛，沒有謊言。「……妳一點也不像鬼。」

姚子螢愣了一下，雙頰不知怎地有點熱。怪了，這也不算稱讚吧？說鬼不像鬼，到底是不是稱讚？

她還在糾結，耿向言卻嘆了一口氣：「妳該停留的地方不是這裡。」該停留的地方？

「我又沒有哪裡能去……」她眉間的皺褶又更深了。這時他才看清，原來那是寂寞。

但十八歲少女的寂寞，他能懂嗎？

耿向言看她在原地輕輕踱步，本想說什麼，但姚子螢忽然抬頭走向白牆，再側身看了他一眼。

「知道了，我今天先走啦。」

「今天？」耿向言挑眉。

那少女已有一半的身體陷進白牆，聽見他的聲音，她笑著回頭，朝他揮揮手。

鈴鐺聲響了，像她平時的悅耳笑聲。

「聽這麼仔細幹嘛？我只是覺得……或許你明天就會想見我了。」

說完，她便穿過了那面牆，消失無蹤。

而被留下來的人，不僅不寂寞，還很無言。

擱置在書桌上的那碗飯菜已有些微涼，耿向言不經意地瞥了一眼，想起少女方才貪吃的模樣。

「……那傢伙有吃飽嗎？」

／／／／／／

她如約而至。

不對，他們沒約。

她這算跟蹤狂嗎？還是變態？雖然跟騷法不抓鬼，但她也不想被耿向言討厭。

「既然如此，我遠遠看總行了吧。」這是姚子螢想了一整晚的結論。

於是，姚子螢又去了一次耿向言的辦公室，這次她很乖巧，沒附身任何人。儘管那個叫做「江苡薇」的可愛妹子，體質還挺適合她附身的，還自帶「夢遊」技能，不會穿幫……

姚子螢甩了甩頭，忍下附身的癮頭，餘光見到耿向言和他部門的人一起走進會議室，她本來想跟進去，但又怕打擾他們，只好把臉貼在玻璃隔間往內看。

雖說她也可以把腳倒掛在吊扇上，可那實在有點暈，還有損美少女形象。

十幾分鐘過去，裡面的人都出來了，就只剩下耿向言還沒走。姚子螢倒是沒刻意躲起來，她知道耿向言一定有看到她。

他留在會議室裡，是想叫她進去吧？

姚子螢翹起不存在的尾巴，滿心期待他呼喚自己，沒想到耿向言面無表情地朝她走來，還用手指了指玻璃——玻璃上，清晰地印出了她嬌小的掌印。

「咦？哇啊！」她匆忙地收回貼在玻璃上的兩隻鬼手。

怎麼辦？要擦掉嗎？

還沒等她動作，耿向言便從會議室出來，走到她身邊，用手抹去「靈異事件」的痕跡。那薄唇，似乎還嘆了一口氣。

「你好像一直在嘆氣耶。」姚子螢毫無自覺地說。

耿向言瞥了她一眼，沒說話。

喔，他一定是性格內向，懶得說話。

姚子螢輕飄飄地隨他飛回辦公桌，但也不打擾他，隨意挑了一張沒人用的桌子，便一屁股坐在上面。他上班八小時，她就這樣在辦公室晃了八小時，活像在巡田，只是沒人看得見。

耿向言上班認真，倒也沒怎麼注意她，只在暫離座位時稍微看一下她在哪裡。

說也奇怪，只要他一找她，她就在看他。

彷彿她一直在等他一樣。

下班後，聶祈風過來叫他，像怕他人跑了一樣地擋在耿向言的身後。

「言哥，等一下要去唱歌，你沒忘了吧？」

「不要那樣叫我。」這傢伙明明年紀比他大。耿向言淡淡瞥了他一眼，把東西收拾好就將椅背靠上。「公司聚會我當然沒忘。」

「那就好，我怕你不去，苡薇也跟著不去了。」聶祈風拍了拍他的肩膀。

公司的人感情不錯，偶爾也會去餐廳聚會，但這次是約在ＫＴＶ，聶祈風還擔心耿向言沒興趣。幸好耿向言答應了，不然他們部門就直接少兩個人。

「我的確……不太會唱歌。」江苡薇不好意思地說。

聶祈風輕推細框眼鏡，笑了出聲，「有什麼關係？唱歌開心就好。而且，妳唱得一定比隔壁部門的小葉哥好聽……」

「喂！聶祈風，我聽見你在罵我了喔！」隔壁專案組的小葉大聲嚷嚷。

辦公室的氣氛開始熱絡起來，躺在茶水間沙發上的姚子螢也注意到了。她飄到耿向言的身邊，旁聽了一陣子，便說：「你們要去唱歌？我也要去！」

耿向言雖然沒回應她，但看起來也不排斥。

隨她怎麼唱，也沒人聽得見。只要她別突然拿起麥克風，在眾目睽睽下搞出靈異事件就好。

那間KTV在公司附近，自家妹妹耿湘云剛好在隔壁的咖啡店打工。耿向言沒刻意去找妹妹，只透過玻璃門看見她在店裡忙碌的樣子。

江苡薇也注意到了，還靠過來問耿向言：「好久沒看到云云了，她還在那裡打工呀？」

「嗯。」耿向言點了點頭，看了嬌小的她一眼，「要是妳想找她，下次可以來我家坐坐。」

「好啊！」見他難得邀約自己，江苡薇忍不住笑了。

儘管他說的是「找她」，而不是「他」。但，能在公司以外的地方見到耿向言，她就很滿足了。

「你們在聊什麼？這麼開心。」

聶祈風的身高比他倆都高，這回忽然在身後出聲，把江苡薇嚇了一跳。耿向言注意到他賊兮兮的表情，知道他又要亂點鴛鴦，便一臉沒趣地往前走。

「妳看看妳言哥，還是一樣悶騷又彆扭。」聶祈風搖了搖頭，望著那人獨自走在前方的背影。

但只有江苡薇知道，那或許不是悶騷。

「……我跟阿言不是那種關係啦，別鬧他了，哈哈。」江苡薇下意識把髮絲勾到耳後，面露羞怯笑意，卻毫無自信。

雖然能明白她的善解人意，但聶祈風還是看得出她小心翼翼地藏在眼中的心意。他一臉可惜地看了看江苡薇，希望這女孩能懂她自己有多好。

希望，別有天被耿向言傷了心就好。

「苡薇喜歡你，對吧？」

而那位「獨自」走在前方的男人，其實並沒有那麼孤單。姚子螢正飄在他的身邊，劈頭就問了棘手的問題。

耿向言低調望向她，那張清麗的臉蛋滿是好奇。

「算了，好像不問也能猜到。」姚子螢笑了起來，「畢竟你很帥嘛。」

直白的稱讚並沒有讓耿向言感到不自在，他的表情毫無波瀾，卻清冷好看：「好像妳跟她很熟一樣。」

「不然要怎麼叫她？小江？江姊姊？」

重點不在那。耿向言懶得糾正她，俐落地走進KTV大門。

一群人訂了大包廂，除了他們部門外，還有隔壁的專案組和美術組。這幫人還算嗨，叫了兩手啤酒和火鍋，沒多久就吵成一團。耿向言認定自己只是來當分母，安穩地坐在一旁，倒也沒被拱上去唱歌。

過了一陣子，耿向言在難得的抒情背景音中，輕輕地看了坐在點唱機上的姚子螢一眼。她似乎非常喜歡音樂，好幾首都跟著唱了。但這裡太吵，他根本聽不見她的聲音。

忽然，耿向言從江苡薇的旁邊起身，一個人走到點唱機那裡。

「姚姚，別坐在上面。」他就算不刻意壓低聲音，也沒人會發現他在說話。但他還是在點唱機前面坐下，用極低的聲音叫她。

姚子螢沒聽見他說什麼，立刻跳下來，彎腰湊近他的臉：「你說什麼？」

她清麗的容顏在多彩的燈光下忽明忽暗，似水一樣的雙眸滿溢星光。他很清楚，她非常喜歡這裡。

一股花香竄入鼻尖，他知道那是她身上的氣息。有那麼一瞬間，他覺得她是活著的。

「我說，別坐在上面。那麼多人來點歌，妳不怕被碰到？」何況她還穿著裙子。

「又沒人能碰到我。」姚子螢笑得嫣然。這時她褪去了純真，取而代之的是渾然天成的嬌媚。「耿向言，你擔心我？」

歡歌與酒氣，釋放了她的另一面。

明明沒喝酒，怎麼眼神像是醉人一樣？

「……」

「不然，我坐你旁邊？但你旁邊擠滿了人，完全沒位子。」她的聲音滿是怨懟。

耿向言往回看，發現江苡薇正好望著他。注意到他的視線，江苡薇很快便窘迫地撇開了臉。

他又轉頭，稍微往後退了一點，以免擋到別人點歌。喬好後，他望著姚子螢說：

「……我就坐這裡。」

他沒要她與自己並肩而坐，卻溫柔地給了她暗示。

「真的？那我要坐你旁邊！」她從善如流，立馬坐下。

「坐哪都行，沒人看見。」當然，他指的是沙發上。

聽完，她不知怎地看了耿向言的大長腿一眼。撞上他冷靜的目光時，她面露嬌羞，不好意思地擺了擺手。「哎呀，好色喔。我還沒準備好耶，下次！下次再坐。」

……連第一次都不會有。

耿向言懶得理她，但調皮鬼又湊近他耳邊，說話的嗓音比平時軟：「耿向言，我能喝酒嗎？我想喝一點酒。」

喝酒為什麼要問他？他還沒想通，她已起身朝江苡薇的方向飄過去。

「喂，姚姚……」他不能喊太大聲，可她似乎也不打算停下。

幾秒後，姚子螢鑽進了江苡薇的身體裡。耿向言愣了一下，親眼見到江苡薇臉上細緻的變化——

本該溫柔可人的「她」露出純真卻狡黠的笑，如同在倏忽之間點亮夜色的繁星。

你不清楚自己等了多久。

但當它出現在那裡時，被擄獲的人，早已墜入萬丈星河。

／／／／／

「她」坐在沙發中間，身體隨著音樂輕輕搖擺，目光肆意流轉，和先前溫柔的樣子截然不同。耿向言空出來的位子早已被人填上，現在她左右都有人，他遠遠看她單手打開啤酒，張口就喝。

不是才剛成年？不知道這位「高中生」平常有多愛跑酒局，開酒竟然這麼熟練。

耿向言的心裡有很多疑問，但他依舊安靜地待在原處，當一座冰冷的雕像。倒是原本坐在她隔壁的男同事注意到她的轉變，像是被她吸引一樣地湧現喜色，頻頻找她搭話。耿向言看了一會兒，暗忖是否要幫忙，但又覺得她不需要幫忙。

他在想，她以前到底是怎樣的人？

她似乎擅長社交、喜歡娛樂場所，有些小聰明，偶爾卻又天然呆。最特別的，是她有那個年紀少有的坦率和透明。而且，她和異性相處有點太得心應手了。他從來不把她對自己的「興趣」當真，因為她更像是來人間走一遭的自由靈魂。

玩膩了，就會走了吧？

若她有心願，他也很難滿足她。

「這首歌我會唱！」

「江苡薇」的嗓音變得活力十足，穿透了喧囂的場子，也打斷他在腦中預想好的離別。耿向言聞聲抬頭，正好瞧見她從沙發上彈起來，快步走向包廂前的直立式麥克風。在眾人的驚呼和掌聲下，她的雙眸浸潤璀璨星河，熟練地湊近麥克風，熱烈開唱！

那是一首節奏歡快的嗨歌，也是一部火紅電視劇的主題曲，幾乎人人都會唱，但也不是人人都能唱好，可「她」卻完美駕馭了這首歌。

仔細聽，那一樣是江苡薇的聲音。但它褪去了原有的柔軟，被姚子螢運用得堅實飽滿、甜美明亮。

耿向言看她看了很久，見她在歌曲間奏朝他會心一笑。那是只有他知道的秘密，而她總有一天，想把真正的聲音唱給他聽。

「哇靠……苡薇剛才還跟我說她是音癡，明明就很會唱歌嘛。」聶祈風坐到耿向言的身邊，一把搭住他的肩膀，面露讚賞。

「『她』的確是音癡。」從小到大，江苡薇的音就沒準過。

「這還叫音癡？耿向言，你標準也太……」聶祈風把手收回來，轉頭想嗆人，卻撞見男人臉上的一抹淺笑。

台上那位歌聲動人的女孩，那傢伙竟看得目不轉睛。而他難得浮在脣邊的笑，也很動人。

聶祈風差點看傻了。

「你……算了，我出去抽根菸啊。」

他完全搞不懂耿向言，這什麼海底撈的男人心？

出了包廂後，聶祈風一路走到KTV大門，怕擋到客人，還默默移動到隔壁店面的人行道上。

他回頭看一眼，那家咖啡店已經打烊了，裡面的員工正在收拾東西，他也就不顧忌，隨意地找了棵樹便在旁邊抽起一根涼菸來。

說起來，耿向言到底喜不喜歡苡薇？這一對青梅竹馬，他是有看沒有懂。

明明平常對人家的少女心思視而不見，一點喜歡她的跡象都沒有，但剛才那表情又是怎麼回事？

「難不成言哥比想像中還傲嬌？」他喃喃自語，隨後感到一陣惡寒。

算了，他管不了別人的戀愛。他只希望像江苡薇那種長在他審美觀上的可愛妹子，總有一天能有個好歸宿……

「大叔！這裡不能抽菸！」柔實的女性嗓音忽然貫穿了他的腦門。

聶祈風嚇了一跳，差點把菸抖落。

大叔？他才二十五歲，叫大叔也太過分了！

聶祈風忙亂地轉過身，一名綁著黑色長馬尾的少女就站在他眼前，她的相貌優雅美麗，望著他的眼神卻滿滿嫌棄。等等，這女孩好像有點眼熟……

不對，為什麼這女孩看他像在看螞蟻一樣！

「抱歉啊，妹妹，我不抽了。」他終究很懂社會人之道，還是先熄了菸，並向對方道了歉。

「我二十歲了，不是妹妹。」沒想到她很在意稱謂。

喂！他也很在意啊，他才二十五，怎麼就成大叔了？

聶祈風很努力地維持禮貌的微笑，正想著要怎麼找藉口離開，黑髮少女又說話了。

「大叔，菸少抽一點比較好。像我哥，他從小到大完全不碰菸，皮膚比我還好。」

聶祈風尷尬地笑，回話逐漸敷衍，「喔，這樣啊，妳哥幾歲？」

「二十三。」說完，少女打量了他幾眼，「總之，你要是想提神的話，來我們店裡喝杯咖啡就行啦，別抽菸了。」

喔，原來她是那間咖啡店的員工。

不對！二十三歲而已是在炫耀什麼？很多男人是在出社會幾年後才學會抽菸的好嗎？

聶祈風有太多話想吐槽，但他實在不想和一個小妹妹爭論。他是個有風度的男人，有風度……

「就這樣！掰掰，大叔。」扔下這句話，少女便甩著長長的馬尾跑了。

「……」

聶祈風閉上眼，試圖把那兩字忘得一乾二淨。

不過，怪了，這種被氣出三高的感覺……

怎麼跟他偶爾面對耿姓老弟時有點像？

「跟我喝一杯？」

她才唱一首歌，就拿著啤酒罐回到耿向言身邊，像一隻玩膩了的狐狸。他沒說話，淡雅恬靜的目光卻停留在她的臉上，似乎在凝視她的靈魂。

那看起來不像拒絕。

她彎起嘴角，對他拋出一個笑容，接著轉身想找酒，手上的啤酒罐卻在這時震動了一下。她微怔，回身見到耿向言拿著一個透明啤酒杯，又撞了她手上的啤酒罐一次。

「給我一半。」他低聲說。

姚子螢不是第一次附身在江苡薇身上，但這是她第一次被耿向言觸碰。就算兩人之間還隔了啤酒罐和杯子，她還是忽然有了從那年活下來的錯覺。

活著，就是這種感覺嗎？

「為什麼？我還想喝耶。」姚子螢甩開繁雜的思緒，往臉上扯開一抹笑容。雖然嘴上那麼說，但她還是乖巧地倒給了他一半的酒。

「苡薇的酒量不好。」說完，耿向言喝了一口酒，薄唇微微濕潤，看得她眉眼揚笑。「喝完這杯就出來，別被人發現。」

什麼嘛，他果然還是比較擔心「她」。

「知道了，我也想出去透透氣。」不等他回話，她又說：「當然，不會帶著『她』去。」

姚子螢把所剩不多的酒一飲而盡，對耿向言笑了一下之後，便閉上眼，離開這具軀殼。

耿向言瞧見她靈巧地穿過了包廂的隔音牆，便轉回視線安頓剛醒來的江苡薇。江苡薇本以為自己又夢遊了，但她看了一眼手上的啤酒罐，大驚失色。

「咦？我、我本來沒打算喝……阿言，我剛才喝醉了嗎？」

「……妳斷片了。」耿向言不想說謊，但仔細想想這好像也不算謊言。「坐著休息一下吧，我出去上個廁所。」

「好……」江苡薇一臉懊惱，像是在怪罪自己的爛酒量。

那罐啤酒「她」也才喝了三分之二，就算是用江苡薇的身體喝也醉不了。但耿向言沒辦法解釋更多，看她沒事，便起身向外走。

門外是被漆成粉紫色的走道，大片鏡子蔓延整個牆面，他一眼望過去，卻沒見到那隻調皮鬼。

該不會去別的包廂搗亂了？

他隨意挑了個方向走，到轉角往左看，還是沒發現她的身影。正當他打算繼續直走時，他的眼角餘光瞄到左方有一抹小小的人影。

一個身穿黑衣的小男孩站在走道中央，似乎正好奇地看著他。

「迷路了？」耿向言喃喃自語。

雖然沒見到她，但他還是下意識往小男孩的方向走，才走沒幾步，他便想起一件奇怪的事。

剛才左邊有人嗎？

沒等到他思考出答案，他便先一步看清楚小男孩身上的衣服——原來他不是穿著黑衣，而是身上的那件白色衣服被燻成了黑色。幸好除了衣服外，他其餘外觀都很正常。

小男孩面色空洞，但目光仍保有純真的好奇心。

耿向言停下腳步，面不改色地望著他。這狀況對他來說並不陌生，但小男孩沒說話，他也只能安靜地等待。

忽然，小男孩的視線越過了他，落在耿向言的身後，並在那一瞬間露出了驚懼的表情。

他張嘴尖叫，耿向言卻沒聽見任何聲音。

隨後，他竟消失在原地。

耿向言疑惑地轉了身，對上的是姚子螢那含著笑意的目光。

「……」怎樣？她有那麼可怕嗎？

「哎呀，看來這裡發生過事故耶。」又是那輕飄飄的語氣。

「妳去哪裡了？」耿向言低聲問她。

「到處晃啊！難道你是來找我的？」她的眼裡似乎有星星，「我就知道你也有點關心我。」

他本來想說「我只是怕妳搗亂」，但看她那樂呵呵的樣子，他還是決定不說了。

「我看妳玩得挺開心的，什麼時候要走？」

她往前一步，委屈地看他，「幹嘛一直想趕我走？」

「我沒趕妳。」說完，姚子螢的目光又亮了起來。他輕嘆一聲道：「我只是問妳想什麼時候走。我不唱歌，想提早回去。」

「咦？我能去你家玩？」她淺淺勾起嘴角，雙眼瞇成一道彎月。她的試探，讓他想起她昨日那句任性的邀請。

——要不要陪我玩？

他無法答應她，但也無從阻止她。或許，那是她流連人間的藉口。而他在明白她真正的心思前，也只能任由著她了。

「想來就來。」耿向言挑了一下眉，淡笑回答，「前提是妳別在我家搗亂。」

那句話聽起來像個約定。而且，她總覺得他嘴裡的「搗亂」兩字特別溫柔。是她的錯覺嗎？

和他在一起時，總是有很多錯覺。

姚子螢望著他往回走的背影，笑著把手背到身後。

「喂，等等我！耿向言！」

那人頭也沒回，但腳步明顯慢了下來。

不對，那不是錯覺。

就因為他是個溫柔的人，所以她才有幸和他相遇啊。

姚子螢高興地跟上他，沒多久便感覺到身後有一道陰暗的視線。她回頭，發現小傢伙又出現了，還偷偷地躲在轉角看他們。

哎呀，看來有個小麻煩要處理了。

章三

遺憾的重量

他的背影看上去優雅穩健，姚子螢跟在他身後安靜地看，也不急著等他回頭。她想，那道「不拒絕」的背影，要是能再持續久一點就好了。

姚子螢本來雙腳離地，輕盈地飄在空中，但後來她「學」他走路，想著這樣能離他近一些。再後來，她忍不住伸手拍他的肩。

或許，她忽然忘了自己無法碰觸他。

「怎樣？」耿向言停下腳步，回頭看她。

她愣了一下，笑問，「你怎麼知道我拍你肩膀？」

他看起來有點無奈，「……我是不該知道，但妳的手穿過我胸口了。」

「啊，拍太大力了。」她笑呵呵。「沒什麼，只是想提醒你，有個小傢伙還跟著你喔。」

小傢伙？

耿向言往後看，發現剛才那個被姚子螢嚇得「魂飛魄散」的小男孩就躲在角落偷看他。注意到姚子螢的視線，他以瞬移的方式又往後退了一點，但那雙純真的瞳孔還是執著地望著耿向言。

她到底是有多可怕？該不會是什麼厲鬼吧？

耿向言不著痕跡地瞄了姚子螢一眼，低聲道：「他想做什麼？」

姚子螢一臉「我怎麼會知道」地聳聳肩，「還是你去問問看？」

「為什麼不是妳問？」她好歹也是小男孩的同類。

「我也想幫忙，但那位幼齒的『同事』好像有點怕我。」姚子螢笑嘻嘻地歪頭。看她從容的樣子，耿向言認為她一定知道小男孩害怕的原因。

但她不說，他也沒興趣問她本人。

「去問問吧，不然他說不定會一直跟著你喔。」她又補充。

「就跟妳一樣？」耿向言挑眉。

被那雙深邃眸子一掃，姚子螢害羞地扭了幾下，「真的？我可以一直跟著你？那、那不就是結婚的意思……」

「……」

耿向言迅速地邁出步伐，頭也不回。

小男孩待在原地等他，雖然他看起來還是有點在意姚子螢，但因為她沒跟上來，所以這次他沒有逃跑。

耿向言的神色一直都不算溫柔，甚至有些清冷，但他冷靜的樣子反倒讓小男孩卸下心防。其實，他也是發現這個大哥哥能看見自己，才強忍著恐懼留下來的。

「弟弟，你需要幫忙？」耿向言在確認四周沒有「生人」之後，才開口問他。同時，他也意識到一個荒謬的事實。

這兩天他對鬼說的話，怕是比對人說的還要多了。

小男孩望著他，幾度張嘴說話，卻發不出正常的聲音。耿向言仔細地聽，還是只能聽見一些氣音。

「你想說什麼？」耿向言蹲了下來，目光溫潤，「慢慢說，沒關係。」

小男孩的眼裡似有水光，是空洞神情上僅剩的一抹晶亮。沒多久，他轉身指向自己的後方。耿向言從地上起身後看過去，剛好見到一個綁馬尾的女服務生從包廂裡走了出來。

女服務生發現耿向言站在走廊上，禮貌性地點了一下頭，便轉身往餐點自助吧的方向走。

小男孩揮動手指，神情有些激動。

「……你找她？那個姊姊？」耿向言試探性地問。

「謝……謝……」小男孩點點頭，努力地發出了斷斷續續的氣音。耿向言望著他的嘴型思考，直覺是「謝謝」兩字。但他還沒說想做什麼，他該怎麼幫忙？

耿向言想問得更仔細，小男孩卻又消失了。

「又跑了耶。」姚子螢的聲音在身後響起。

「是妳。」

她一臉委屈，盯著他那張冷漠的臉，「幹嘛？你怪我又嚇跑他？」

「……總之，他大概是想找人。」耿向言沒回應她那句話，而是努了努下巴，「找那邊的女服務生。不過，還不清楚為什麼要找她。」

那是他的家人嗎？

他想起小男孩沒辦法說話的樣子，思考了一會兒，便拿出手機搜尋有關這家店的新聞。

姚子螢湊近他，轉了轉明亮的眼珠子，「那女生會不會和小傢伙的死因有關？」

耿向言輕瞥她一眼，接著用手機瀏覽了數篇新聞。隨後，他靠牆站著，讓幾個正在說說笑笑的客人通過。

「我剛才亂晃的時候，在她的手上看見很大的傷疤喔。」姚子螢的嗓音在他耳邊響起，像一匙黏糊糊的蜂蜜。

他側過頭，而她清麗的臉蛋近在眼前。他沒感覺到任何氣息撲在自己臉上，卻能清楚見到她眼底那把搖曳的火。

他淡然地迎上那把火，並無躁動。

「妳說得沒錯。」耿向言嘴上贊同她，身子卻和她拉開了一段距離。他轉身往自助吧的方向走，但也不忘為她解釋：「這家店改過名字，三年前發生過一場火災。唯一的死者是個八歲小男孩，但還有另外兩個成年人受傷。一個是客人，一個是服務生。」

「耿向言，等等我啦！」姚子螢立刻跟上他，「原來新聞上寫這麼清楚啊。不過，也難怪他不能說話了。」

他的聲帶大概在那場火災中受損了吧。

「不像妳話這麼多。」他隨意說一句。

「那當然呀，畢竟我是病死的嘛，也沒影響到嗓子。」姚子螢語氣輕鬆地說。

耿向言怔了一下，沒料到她會突然提起這件事。他轉頭看她，但她的神情毫無芥蒂，反倒笑著說：「走！幫小傢伙了卻心願，這樣我們才能早點回家睡覺！」

說完這句話，她又飄了起來，一個「人」高高興興地飛在前面。耿向言望著她單薄的背影，眉間出現一道淺淺的皺褶。

「……心願？」

那小孩因未了卻的心願而流連此地，不肯離開，那她呢？

她的心願，又是什麼？

「你平常都在忙這些嗎？」才飄走沒多久，姚子螢又回頭來問他，一臉看熱鬧的樣子。

「哪些？」耿向言正專心尋找女服務生的身影。

「嗯……幫一些不想去投胎的小鬼完成心願？我看你很熟練耶。」尤其是馬上拿起手機查新聞的舉動。姚子螢想，該不會他也查過自己吧？

周遭有很多人忙著裝東西吃，為避免讓人發現，耿向言的聲音愈壓愈低，因此姚子螢也靠得離他近了一些。這次他沒有刻意和她拉開距離，而是隨意站在一個角落，背對著別人和她說話。

「是幫過幾次，但後來我大多裝作看不見。」他淡淡地說：「我覺得，讓活著的人沒有遺憾比較重要。」

遺憾？姚子螢愣了一下。

耿向言的視線掃過她臉頰，像風一樣輕，讓她想起那天拂過臉上的微涼空氣，「比如說，幫助被變態騷擾的店員。要是她出了事，那就是遺憾了。」

姚子螢慢慢地笑了，「啊，你還記得耶。」

「才兩天前的事，怎麼能忘？而且，妳就是在那時候跟上來的吧。」

她所說的「記得」，其實就是指這件事。看來，他記得自己那時候也在超商裡。

「沒錯！你太溫柔了，我很喜歡，所以我就跟上來啦！」她甜甜地笑了笑。

她喜歡他說「怎麼能忘」時的樣子。如果能有下一輩子，很多事她也不想忘。

「……那有什麼關聯？」耿向言皺眉問她。

她的「喜歡」說得如此輕易，他字字都不能當真。

「反正，你也知道我就是隨心所……」

「她來了。」耿向言打斷了她。

他的眼角餘光正好瞄到那位女服務生從廚房出來，似乎是要補其中一道菜。

「這件事我來幫忙。」姚子螢沒回答他的問題，兀自飛了出去。

耿向言又想喊她，卻見到聶祈風正巧從外面回來，伸手朝自己打招呼：「耿向言，你還沒吃飽？剛才那火鍋已經讓我飽到快吐了。」

他的身上有淡淡菸味，但不算重。耿向言忙著看姚子螢在哪，隨意回了句：「裝飲料而已，不想喝酒。」

「飲料？杯子在包廂裡耶。」聶祈風伸手指了指包廂的方向，「不然我去幫你拿吧，我也想裝個汽水來喝。」

「謝……」

耿向言的話還沒說完，便見到姚子螢忽然飛到自己眼前。她靈活地鑽進聶祈風的身體裡，才一瞬間，就為「他」換上一雙古靈精怪的眸子。

他根本來不及阻止。

「姚姚，妳……」他超無言。

「沒事，交給我吧！」

「聶祈風」淘氣一笑，看得耿向言有點不舒服。幸好「他」馬上轉身離開，隨意地拿了一個碗去裝飲料，沒留在這裡辣他眼睛。

不久，「他」悄悄地挨近那位綁馬尾的女服務生。

「啊！抱歉！」姚子螢技術性地把碗裡的飲料灑了出來，正好落在女服務生的手臂上。

「……」耿向言默默地看著。

還真熟練，這傢伙以前到底是什麼樣的學生？

「小姐，妳還好嗎？」姚子螢頂著聶祈風的臉關心她，滿是歉意，「抱歉，我不是故意的，妳等我一下。」

女服務生本來還有點無奈，但當她見到聶祈風的臉時，便露出驚慌的神情：「沒、沒關係……」

姚子螢從旁邊拿來幾張衛生紙，細心地幫服務生擦拭手臂。擦著擦著，她的臉頰就紅了起來。

幸好聶祈風沒女朋友。

耿向言忽然驚覺這傢伙也算是個帥哥，難怪姚姚會選他附身。

「啊，那是……」

清理得差不多之後，姚子螢佯裝驚訝地看了下服務生的手腕。上頭有一片疑似燙傷的傷疤，刻印在白皙的皮膚上，相當明顯。撞上對方的目光後，姚子螢連忙收回視線，低聲道：「抱歉。」

「沒事，這是舊傷。」女服務生笑著擺手，「先生，謝謝你，我自己清理就好了。」

「那個，妳不介意的話……」姚子螢小心翼翼地說：「我推薦妳一款藥膏，去疤很有效。」

女服務生愣了一下，抬眼看「他」。

「啊，不好意思，是我太突然了。」姚子螢抓了抓頭髮，一臉歉意地說：「我妹妹也有類似的疤痕，但她每天擦藥，疤痕真的淡很多喔。藥局都有賣，妳可以試試。」

她抓住了女孩子愛美的心思，倒也是一個辦法。

雖然由陌生人探問受傷的事不算妥當，但眼下也沒其他方法了。

「沒關係，謝謝你。」女服務生輕撫了下手腕的傷疤，露出一抹淡淡的笑，「我不太在意疤痕，留著它也算是一種提醒啦。」

「提醒？」

「像是……小心火燭？」她笑了幾聲，面露遺憾，「畢竟，不是每次的意外都能那麼幸運嘛。」

姚子螢從她的語氣中感受到深深的遺憾。雖然沒問出什麼，但從她和小傢伙各自的表現看來，不像有什麼深仇大恨。

既不是家人，也不存在恨意，那大概只有……

「她是服務生，火災發生的當下，一定有幫忙疏散客人。」耿向言帶著「聶祈風」到角落，深思一陣子之後說：「……有可能也試著救過那個小弟弟。」

「小傢伙會不會只是想道謝？」姚子螢歪著頭問。

「道謝？」

——謝……謝……

耿向言忽然想起小男孩說過的話。雖然是氣音，但他分辨得出那兩字。

原來那時候，他不是在向自己道謝。

「只為了道謝，就留下來三年？」他望向姚子螢，而她雖然披著聶祈風的皮，卻露出比平時溫柔的笑。

「有可能喔。」姚子螢的雙眸瞇成彎月，「……想道謝的心情，對逝去的靈魂來說是很強大的。」

忽然，小男孩又在耿向言的視野中出現。雖然他站得很遠，但耿向言還是看見他對自己連點了好幾下頭。

這就是答案，再單純不過的真心。

「……我該怎麼幫他？」耿向言望向姚子螢。

「要不要讓他附身你一下子？」說完，姚子螢又補充：「其實你很適合當通靈王。」

通靈王？耿向言半信半疑地皺眉。

「就是，你是很適合被附身的體質喲！」姚子螢笑得嬌媚，偏偏那張臉是個大男人。

「不要用聶祈風的身體笑得那麼噁心。」他想說這句話很久了。

「哇！你也會說『噁心』！」

「……」他打算直接去找小男孩問清楚，比較實際。

耿向言離開自助吧，回到剛才的走道，毫無意外地在走道盡頭見到小男孩的身影。

他似乎刻意在那裡等，可能他也有點怕人。

途中，耿向言注意到姚子螢沒跟上來，嘴角微微揚起。

這算是難得的體貼？

「弟弟。」

耿向言來到小男孩面前，看了他單純的面容許久。那張稚氣的臉上並沒有髒汙，就像一切悲劇從未發生過一樣。耿向言動了動眉間，本來有很多話想說，但又覺得「他」未必想聽。

就算他年紀不大，就算他已經無法平安長大……

他也知道自己想要什麼。知道這三年來，他的遺憾是什麼。

耿向言抿起嘴角，溫柔地告訴他：「如果你有話想對姊姊說，要不要自己說看看？」

小男孩呆呆地望著他，半晌，指了指自己的喉嚨。

「我知道。我是說……」要是沒有姚子螢，他恐怕永遠也不會這樣提議。「哥哥可以把身體借給你一下下。不過，你要小心一點，不能嚇到姊姊，也不能被其他人發現。」

小男孩的神情懵懂，又帶有一些為難。正當耿向言想進一步解釋時，他又露出了恐懼的表情。

又來了嗎？

耿向言轉頭，卻只見到姚子螢一閃而過的身影。他愣了一下，再回過身，便見到小男孩在空中不斷掙扎。

「喂，妳在幹嘛？」耿向言皺眉問她。雖然她離開聶祈風的身體了，但她現在竟抓著小男孩的手不放，讓他沒辦法逃走。

「冷靜點，小傢伙，要是我沒幫你，你也沒辦法跟你喜歡的姊姊說話呀。」姚子螢倒是忙著安撫他。「奇怪了，我又不會吃掉你……我對那邊的哥哥比較有興趣喔！」

小男孩恐懼地瞥了耿向言一眼，似乎還無法明白那句話的意思。

「耿向言，你只要閉上眼睛就好。我會幫你好好監督身體，放心！」說完，姚子螢拉著小男孩靠近他，滿臉信心。

「……」耿向言看她笑得燦爛，總覺得最大的威脅就是她。「妳要怎麼幫他？」

「你相信我嗎？」姚子螢神秘地笑了笑。被她握住手臂的小男孩已經恢復冷靜，但似乎不敢盯著她看。

「也只能相信。」他把話說得看似毫無選擇，卻也毫無猶豫地閉上眼睛。「……別太粗暴。雖然他是鬼，但他也只是個孩子。」

還真是對誰都很溫柔。

姚子螢扺起一抹略帶遺憾的笑。

而後，她笑著看了面色緊張的男孩一眼，騰出另一隻手指了下自己。

「……噓。」她輕聲提醒，那未揭開的秘密。

小男孩愣了一下，而她沒等他答應，便緊緊拉住他的手，直衝耿向言的身體。她毫無阻礙地穿過了「他」，可男孩，卻沒入了那具軀殼。

下一秒，耿向言慢慢地睜開眼，邁出未知的步伐。奇特的是，他能感知到自己的前進——為什麼男孩沒有取代他的心神？

忽然，破碎的記憶排山倒海地朝他的腦門襲來。他似乎能憶起那片沉痛的火海，感受到微弱身子漸漸窒息的痛苦，以及在黑暗中的那雙溫柔之眼。

——弟弟，不要怕。

——跟姊姊走……咳！咳！

她一手以毛巾遮鼻，一手將他的手拉起，在一片迷霧中前進時，還將毛巾讓給了嬌小的他。

高溫、濃煙，如惡獸般環繞著兩人。他憶起她其實有機會先離開，卻堅持在灰暗的空間中尋找虛弱無助的他。

後來，他們雙雙昏倒在地。

後來，她是怎麼獲救的，他也不清楚。

那場大火帶走了他，卻沒帶走他固執的靈魂。他就在那裡等了三年，等他有機會將這份感謝說出口。

而現在——他終於等到了。

耿向言靜靜地落下了一滴淚。是誰的淚，已不再重要。

╱╱╱╱╱

「咦？哪有人讓女孩子睡沙發的。」

耿向言才剛回完聶祈風的訊息，便聽見來自躺在沙發上的少女的一句抱怨。他把手機放在床頭上充電，卻仍未放下心中的擔憂。聶祈風酒量很好，他好不容易才用「打瞌睡」這理由把附身事件敷衍過去。

只祈禱聶祈風和江苡薇不要互通資訊，否則公司的人遲早會發現不對勁。

「姚姚，別再隨心所欲地附身，被發現的話會很麻煩。」他忍不住提醒她。

「可是，要是小傢伙沒附身你的話，他也沒辦法完成心願啊。」

她親眼見到小傢伙消失在一片白光之中，看起來很幸福的樣子。原來那就是完成心願後會抵達的終點？她聽說過，卻從來沒看過。

「我是說妳。」耿向言不知道她怎麼那麼擅長曲解他的意思。他在床上轉身，望著躺在沙發上的少女。「……對了，為什麼我那時候還有意識？」

見他還有精神聊天，姚子螢立刻從沙發上坐起，笑著說：「你說被小傢伙附身的時候？因為他不會附身，是我幫忙的。就說了，『我們』各自有擅長的事情喔。」

看來她真的很「擅長」附身。

「是嗎？」他看了看她得意的小表情，不禁發笑。

「你笑了？看來你也不算面癱嘛。」

「面癱？什麼意思？」

姚子螢盯著面無表情的他看，「咦？又來了，多笑一點嘛。」

「……妳為什麼跟著我？」他繞過她的戲言，直搗她內心的秘密。

這是他一直想知道的事，卻總是被她迂迴避開。

「你不是記起來了嗎？我什麼時候跟上你的。」她從沙發上起身，慢悠悠地靠近他的床。

「那有什麼關聯？」他又問一次。

姚子螢一屁股坐上床沿，望著他的臉，「你說，讓活著的人沒有遺憾比較重要。我在便利商店看見你救了那女生，見義勇為的樣子很吸引我啊。」

「這就是理由？」耿向言挑眉問。

「這就是理由。」她理直氣壯，「不要質疑少女的心思！我很單純的。」

耿向言望著那隻離他的臉愈來愈近的「鹹豬手」，開始思考單純的定義是什麼。

他坐起身子，讓她的小手撲空。「那妳有心願嗎？妳說妳是病死的……有想見的人？」

「耿向言，你是不是迫不及待地想讓我消失在白光中？」姚子螢遮住嘴巴，輕輕地笑。

「我不希望妳有遺憾。」他的嗓音清冷，卻像盛夏的融冰，來得剛好。

姚子螢抿住了唇，沒說話，心中卻掠過千言萬語。她是有太多遺憾了，但最大的遺憾只有一個。

「我就希望你陪我玩啊。」她的笑容難得乖巧，「你知道的，生病的人很無聊，什麼事都沒辦法做。」

罕病？他覺得她原本應該是個生活多采多姿的人。或許她生了急病，讓她的世界在一夕之間顛倒。

「當妳覺得有趣了，心願就滿足了？」他問。

「可以這麼說。」說完，她委屈地握緊雙拳，「咦？你又在想方設法讓我消失在白光裡了吧！」

「……姚姚，我可以陪妳玩。」在見證她的心思之後，他改變了答案。「不過，妳得答應我，不能隨便附身別人。」

「好啊。」她倒是乾脆，笑得嬌媚，「其實，我也能答應你別的事喔？」

耿向言看她甜甜地彎起嘴角，清麗的雙瞳染上一層濃郁的媚色，像是要將他吃乾抹淨一樣。

他決定不問那是什麼事。

好不容易哄得那隻調皮鬼睡了，耿向言在一片黑暗中再次拿起手機。他想起她帶笑的臉，雖不想懷疑她，但還是在搜尋框中輸入了幾個字。

姚姚　歌手

他想了想，高中生歌手？機會比較小。

難道是偶像？但他沒認識幾個偶像，比起韓國，台灣好像也沒那麼普遍。

在反覆琢磨關鍵字後，耿向言按下搜尋鍵，毫無意外地得到幾個不符合她外貌的結果。「姚姚」只是個綽號，也很難查到什麼吧。

或許她只是一個歌唱得很好聽的高中生。一個，被迫止步於青春年歲的少女。

耿向言放下手機，在隱約的花香中緩緩閉上雙眼。

灰白的日子裡，有她添上色彩，也挺不無聊的。

他一進書店就看見了，那個站在書櫃角落的模糊「人」影。在外閒晃的時候撞鬼，對耿向言來說不算什麼新鮮事。

但親眼見到那坨影子劇烈抖動後消失，那倒是頭一次。

「咦？又嚇跑了耶。」姚子螢一臉無所謂地說。

「……」他開始懷疑她是陰間使者了。

要讓一個女孩子覺得有趣的地方，會是哪裡？至少耿向言不認為會是書店，畢竟調皮鬼看起來不怎麼愛看書。他本想帶她去自己一點興趣也沒有的遊樂園；或者是她只能望梅止渴的商店街；再不然，網美都愛去的甜點店也行。

他想，至少她能「吸」一下甜點的氣味，在人間有點參與感。

可意外的是，姚子螢竟說想去書店看看。

「你看那個髮圈！好可愛！」不過，她有興趣的不是書籍區，而是店內陳設的文創商品。

那髮圈是亮紅色的，看起來是手工編織，樣式簡約討喜。耿向言不禁聯想到她手上的鈴鐺手環，每次她在身邊晃悠時，那鈴鐺總是叮叮噹噹的，聽久也習慣了。或許她很喜歡那類的飾品，只可惜她沒辦法再擁有更多了。

耿向言的腳步很慢，陪著她走走看看，花了不少時間才逛完文創商品。不過，她還停留在賣髮圈的地方，眼巴巴地盯著它看。

「妳該不會想買？」他忍不住開口問。今天他特意戴了耳機，試圖讓周遭的人以為他在講電話。事實證明效果還不錯，目前還沒有人用看瘋子的眼神盯著他看。

「可以嗎？」她雙眼放光。

「買了又怎樣，妳又不能……」

「我能用！我沒辦法碰到人，但東西可以！」為了證明這句話，姚子螢伸手把放在旁邊的一本書推下地面。

「……」她是貓嗎？

耿向言連忙撿起那本書，消滅靈異事件。他看她滿眼都是星星，嘆了一口氣，認命地把髮圈拿去結帳……還有，那本被摔了的書。去結帳的路上，他看了一眼封面。

《關於我和鬼女友的那件事》

他目光凝滯，起了一陣惡寒。

「喔？那是什麼書？」當事鬼還在為髮圈的事樂得心花開。

「……沒事。」真的沒那件事。

拿到髮圈後，姚子螢立刻綁上自己的頭髮，在後腦杓整成一束輕盈的高馬尾。奶茶色的秀髮耀眼明亮，讓人有了沐浴在陽光下的錯覺。可她滿眼星辰，日夜也界定不了她的美好。

她轉身面對他，清甜一笑。

「謝謝！好久沒收到禮物了。」

時間對她來說，似乎不是能輕易言說的事，那無可避免地提醒了她的「死」。她的年歲停在哪一日，生前過得好不好，他並不清楚。

可現在，她的嘴角承擔了回憶的重量，毫無芥蒂地對他揚起。

而他，感受到了跨越生死的真心。

「小事。」耿向言淡淡地笑。

這原本是溫暖的一刻，但耿向言卻在此時注意到異樣的目光。離他幾步之遠的小妹妹揉了揉眼，驚愕的雙眸一閃一閃。

「媽咪，橡皮筋在飛……」

「橡皮筋？」婦人疑惑地轉頭。

耿向言飛速伸出手，順著姚子螢的髮絲將髮圈褪下，套在自己的手指上。然後，有一下沒一下地往上拋接。

「咦？我的髮圈！」姚子螢摀住頭抗議。

「什麼在飛？人家哥哥在玩套圈圈！」婦人笑著摸了一下小妹妹的頭，便把她帶走。

看來，他是什麼都不能給她買了。

「……妳在家的時候才能綁。」說完，他便將髮圈套在手腕上，打算回家再還她。

「為什麼？為什麼？髮圈飛一下又不會怎樣！年紀小的時候撞鬼很正常啊！」

「還真理直氣壯。」

「才沒有！這是經驗談！」她還在吵。

他被她逗得忍不住發笑，卻背對著她，沒讓她看到。後來，他轉往門口方向，卻在其中一條走道上見到一個熟悉的身影。

「咦？阿言！」江苡薇神色愉悅地小跑步過來。

在這裡見到她，耿向言有點意外。但比起姚子螢，江苡薇和書店的氣質還比較搭一點。

「妳也來逛？」耿向言朝她點頭打招呼。

「對啊。」江苡薇的目光有些搖曳，慢了一秒才說：「自己來的。」

「喔？苡薇姊姊跟蹤你呀？」姚子螢賊兮兮地說。

在其他人面前，耿向言當然得無視那隻鬼的發言。他本來想對江苡薇說自己已經買完東西，正打算離開這裡，但觸見她亮盈盈的目光，他又把話收回心裡。

「阿言，我想去看一些料理書，你要一起嗎？」江苡薇面露期待地問。

耿向言想起她最近的確忙著精進廚藝，自己也沒拒絕的理由，便安靜地跟在她後面走。不過，在他後頭的傢伙可一點都不安靜。

「好巧！這就是青梅竹馬的默契嗎？還是她其實有你的定位？有些情侶會在手機上互相追蹤定位吧！喔，不對，你說過她不是你女友……」

聽到這裡，耿向言愣了一下。定位？

他放慢腳步，將口袋的手機翻出來。說起來，大學時，江苡薇曾被學校附近的不良少年騷擾，江伯伯還拜託他保護她一陣子。

「你幹嘛那表情？」姚子螢注意到他不對勁，因而驚呼，「咦？該不會真的有？」

那時候，為了方便保護她而設下的定位，他確實沒有特別刪除。

耿向言檢查了下手機上的軟體，才抬眼注視江苡薇的背影。她善良單純，還有些膽小，這不像她會做的事。

可有些事，不是一輩子都不變。

「……如果她是看了定位才跟來的，那她真的很喜歡你。」姚子螢歪著頭想，「可是，她為什麼不直接約你？」

「妳很勇敢，但她不是。」把手機放回口袋後，耿向言沒在這時揭穿江苡薇，而是像沒事一樣地跟上去。

姚子螢呆了一下，琢磨他的評價。勇敢？

在他眼裡，原來自己是那樣的「人」。真高興啊，那算是稱讚吧！

不過，江苡薇用巧遇包裝心意，雖然有點心機的成分在，卻青澀羞怯，不讓人討厭。

耿向言他……一定也不討厭吧？

姚子螢忽然不插話了，在不遠處望著那兩人。江苡薇的心思顯而易見，小心翼翼地藏在一顰一笑中。但耿向言的情緒卻沒辦法輕易看清，她只知道，他給了江苡薇最多的關心。

她也知道，那兩人站在邊界的另一端，和她不一樣。

「……真可惜，死得太早了。」她用無人能聽見的聲音，笑著低語。

⁄⁄⁄⁄⁄

姚子螢雖然不怕陽光，可她依然保有生前的習慣，盡量遠離太陽，免得被曬黑。但在百無聊賴的日子裡，她還是頂著陽光飛到耿向言家附近的公園散心。

至於，她為什麼想散心？

那還不是因為……

「可惡！為什麼他們約會我不能跟！」她在空中跺了跺腳。

書店巧遇那天，江苡薇在問了耿向言幾個問題之後，對他提出了看電影的邀約。那時候她雖然只在旁邊看，但也聽見了兩人的談話。

——阿言，那是你的新朋友嗎？

——剛才在看書的時候，有聽見你和她講電話的聲音。

——手上的髮圈……是要送她的？

雖然大多是江苡薇在說，但耿向言也一一回答了她。聽他說，那麼追根究柢的個性不像江苡薇，但她覺得，感情是會讓一個人改變的。

或許，江苡薇不想抱著青春時期的遺憾，就那麼走過一輩子。

「可是，他為什麼不讓我去？該不會看完電影就在一起了吧……」她落在地面上，開始想像耿向言有了女朋友的樣子。唔，總覺得很噁心。

要不偷偷去？不行，他看得見她。

還是，隨便附在一個人身上，再跟過去？

「……要是被發現的話，感覺真的會被他掃地出門。」說不定他還會請人來超渡她。

想到這裡，姚子螢抖了幾下，真心害怕。

說到底，他們人類的事，是不干她的事。但她也曾是人啊，有私心，也有執著。

「晚上再問他好了。」她甩了甩頭，輕哼一聲。

後來，姚子螢晃到樹下，都說這裡容易聚陰，她還真覺得挺舒服的。不過，沒多久就有一個人類來和她擠了。

仔細瞧瞧，還挺眼熟。

那一頭柔順有光澤的黑長髮束成馬尾，讓她看了羨慕。想起以前，她的頭髮總是留不長，最多就是像現在這樣，在肩胛骨下方，不短也不長。她就是個野孩子，到處跑還嫌熱，長髮沒留多久便想剪了。

耿向言的妹妹還真耐得住高溫啊。

姚子螢看她一身運動服，沒想到沒打工也不上課的日子，她竟然還有體力來公園運動。但她也懂耿湘云，畢竟自己和她一樣，都是坐不住的性子。

耿湘云伸出手，意思意思地在臉旁邊搧了幾下。明明臉頰燥熱潮紅，那雙眸子卻依舊清冷，就和她哥一樣優雅淡然。

哎呀，雖然她看不見自己，但好想找她問問耿向言的事啊。

姚子螢走近耿湘云身邊，好奇地觀察她的模樣。耿向言提過妹妹幾次，姚子螢知道她是大學生，興趣冷門，喜歡研究超自然事件。耿湘云還知道她哥有陰陽眼，據說常常纏著他問細節。但低調如耿向言，當然是沒向妹妹提起她的事。

但為什麼不？她也想交個女生朋友啊。

說起來，耿湘云讀大二吧？那麼就是二十歲，是個真正的成年人。要是有機會和她說話，姚子螢還想叫她一聲……

「妹妹，一個人來運動？」

她的閨蜜幻想被一群奇怪的少年打斷。

姚子螢望向身邊那幾個莫名其妙圍上來的男生，露出嫌惡表情。但耿湘云的表情比她更兇猛，清秀的眉間皺得能夾死十隻蚊子。那雙桃花眼更是脫離了仙女路線，白眼直接翻到太平洋。

「怎麼最近那麼多人叫我妹妹？我明明二十歲了。」耿湘云不知道想起了誰，但眸中掠過的一縷柔光看起來不像討厭。

「二十歲？那要叫姊姊了耶！妳看起來好年輕喔。」少年們顯然還不到二十歲，渾身猴子氣息。

「要不要來看我們打球？看完一起去吃冰。」

「姊姊，妳讀哪個大學啊？」

猴子們七嘴八舌地糾纏她，而她沒給面子，一記眼刀送給在場所有人。

「抱歉，我不喜歡屁孩。」

姚子螢忍不住笑場。猴子們一愣一愣，正想抗議，此時不遠處傳來狗叫聲，伴隨一句男性的呼喚。

「小美！妳在這裡啊？我找妳好久了。」牽著一隻白色柴犬跑來的人，竟然是聶祈風。

姚子螢驚奇地望著這些人。怎麼耿向言不在，他的親友全出現了？

猴子們一看耿湘云有人陪著來，不一會兒全散了。聶祈風下意識呼出一口氣，對上耿湘云的目光時，他竟從中看出一絲鄙夷。

「……小美？那是什麼屁？」耿湘云的表情超級嫌棄。

「呃，情急之下取的名字。」

聶祈風也知道自己對取名沒天分，但是……

「妳一個女孩子講話別這麼難聽。」他還是忍不住想說教！

「大叔，刻板印象別那麼重。」耿湘云的鼻子哼了一聲。

「……行。」聶祈風聽見那聲「大叔」，就知道這傢伙也記得自己。

剛才他遛狗遛到一半，見到樹下有個少女疑似被屁孩包圍，想著過來幫忙，沒想到遇上了教訓過他不能在門口抽菸的咖啡店店員。

還真巧啊。

耿湘云的目光轉向那隻柴犬，卻發現牠的眼睛一直盯著某處。怪了，那裡又沒人？

她拿出手機用了幾秒，便又望向聶祈風。

「這隻狗叫什麼名字？」耿湘云順口問。

見她提起自己的愛犬，聶祈風立馬炫耀似地摸了摸柴犬的頭，「牠叫樂樂，快樂的樂。」

「比小美好聽多了。」

「……」到底是有多難聽？

耿湘云的嘴角揚起一抹笑，也看不出她為什麼心情好，「大叔，你也住這附近嗎？」

聶祈風還在介意那聲「大叔」，但也好聲好氣地回她：「不是，但我公司在附近。最近發現這公園還不錯，就來遛一下樂樂。」

「喔——」她意味深長地轉了轉眼珠子。

「……怎麼了？」聶祈風總覺得她的眼神讓人很有壓力。或許是她長得太漂亮，也或許，是她的個性讓他難以招架。

「我晚上有班，你可以來喝杯咖啡。」她笑了笑，「當然，不能帶菸。」

幹嘛把他說得像癮君子一樣？

不過，那間店就在附近，咖啡也確實便宜好喝。

「嗯，要是時間上可以，我就過去買一杯。妳運動小心點，這附近很多奇怪的小孩。」聶祈風本來說完這句話就要走了，但他看到耿湘云竟然露出了不可置信的表情。

是怎樣？

「為什麼不可以？大叔，你有約嗎？」

這句話雖然只是單純的疑問，但聶祈風總覺得哪裡不對勁。

什麼意思？她是在歧視他單身嗎！

聶祈風忍住想和漂亮妹子理論的衝動，嘴角抖了幾下才擠出笑臉，「妹妹，成年人總是比較忙一些，有很多大事業要……」

「就說了我不是妹妹。」耿湘云皺眉，直勾勾地望著他眼睛，語氣和緩了些，「好吧，那我等你來。」

聶祈風愣了一下。她是怎樣？說話語氣好比雲霄飛車，最顛簸的那種。

「比起屁孩，大叔好多了。」說完，她展開耀眼的笑。略帶高傲，滿滿的少女氣息。

而他，被那抹笑容閃得腦子空白了一瞬。

「汪！汪！」忽然，他的狗女兒對著耿湘云的左邊瘋狂吠叫。

他和耿湘云一起望向無人的樹下，困惑的表情如出一轍。但只有姚子螢知道，這隻狗看得見她。

怎麼辦？她其實有點怕狗……

姚子螢默默地退後兩步，結果樂樂的叫聲更激烈了。

不管了！先跑！

她轉身開溜，竟一瞬間忘了自己能飛，還用那雙有點透明的腳跑了幾秒。她匆忙回頭，那隻狗居然瘋狂跟了上來！

什麼鬼！不對，什麼狗！

「喂，樂樂！別跑啊！」聶祈風被狗拉著狂奔。

「不要過來啊啊啊啊啊！」姚子螢再度忘記自己能飛，在公園裡倉皇逃命。

「……」耿湘云無言地站在原地。

一人一鬼一狗就這麼跑了十幾秒，直到聶祈風不小心放開了牽繩，直到……有人用一雙大長腿擋住了狗的去路。

姚子螢沒聽見狗叫聲，困惑地停下腳步。

一轉頭，耿向言那雙深海似的眸子擄獲了她。她像被安穩的海洋包圍，而他也的確以敞開的手臂和挺拔身子替她遮住了那隻狗的視線。

她微怔，早已不動的心臟像是活了過來。

「……妳幹嘛不飛走？」都這時候了，他還在講究邏輯。

「因為你拉住我了。」姚子螢輕聲說。

「什麼？」耿向言困惑皺眉。

「耿、耿向言！你怎麼會在這？」

聶祈風跑得上氣不接下氣，沒多久，腳程快的耿湘云也來了。

她看了一眼耿向言，淡淡地說：「哥，你來得好慢喔。」

「……我才剛從外面回來。」他的目光和妹妹一樣平淡，「聶祈風，你在幹嘛？不能拉好自己的狗嗎？」

「我怎麼知道樂樂為什麼……不對，哥？咳咳！」聶祈風喘得比樂樂還像狗，「你們……」

耿向言也看了妹妹一眼，並把激動的狗擋在自己身前，不讓牠靠近姚子螢。雖然「她」不可能有事，但他似乎鬆了一口氣。

「是兄妹？」

可現在最激動的傢伙，是聶祈風，而不是狗了。

章四

舊時來信

寬敞明亮的辦公室並不妨礙她偷窺。

應該說，她想看誰就看誰，正大光明沒煩惱。

姚子螢已經在江苡薇的座位旁邊繞了半天了。耿向言當然有發現，但他忙著工作，懶得阻止。

不知道為什麼，自從他和江苡薇看完電影回來，那傢伙就一直圍著江苡薇打轉。有次她還不小心碰到人家桌上的水壺，幸好沒倒……也幸好，江苡薇那時候不在座位上。

事後問她，她只說她好奇江苡薇都和他聊什麼。但耿向言上班根本不用通訊軟體，姚子螢看了也是白看。

「那假日！假日總會聊吧？」姚子螢一臉不信。

「……妳到底要幹嘛？」

就只是……想知道你們約會的時候都幹什麼去了。姚子螢沒把心裡話說出口，決定自己找答案。

於是，那幾天她頻繁地杵在江苡薇身後。偷看電腦螢幕，偷看手機，什麼都看。

耿向言好幾次想告訴她那樣不道德，但江苡薇上班也算認真，姚子螢就算八小時都在她身後守著，也看不到幾個字。

所以，他就由著她去了。

後來，姚子螢看膩了，想找點樂子打發時間，才注意到聶祈風整天盯著不知名的聊天視窗看，魂魄像被吸走一樣。奇怪，死的是她還是他？怎麼一臉被超渡了的樣子？

雖然隔著眼鏡鏡片，但她還是能看出底下的那雙瞳孔有多入神。她好奇地湊到聶祈風身後，看見上頭竟寫著「云云」兩字。

云云？是那個云云？咦？咦？

姚子螢的八卦血液全沸騰了。她靠聶祈風更近一些，興奮地審視螢幕上的對話。

云云：大叔，是我。

云云：你哪時候要再來買咖啡？

「咦？」就這樣？

姚子螢呆了一下，不敢置信地望向聶祈風。聶祈風死盯著視窗不動，那張臉是很體面，但手跟殘廢一樣，一個字也不打。

他該不會……一直在煩惱要回什麼吧？

還有，他們是什麼時候搭上線的？

姚子螢忍不住爆笑。耿向言聽見她的聲音，轉頭查看，正巧見到她的臉擠在聶祈風旁邊，笑聲不斷。

他記得她說過聶祈風還挺帥的。

「……」所以？只要是帥的都可以？

那隻色鬼。

耿向言安靜地離開座位。沒多久，一道陰影從聶祈風和姚子螢的頭上罩下。怪了，冷氣好像有點強？姚子螢摸摸手臂，轉頭撞上耿向言陰森的目光。

陰森？她怎麼會那樣形容他？

姚子螢一時想不出答案，卻本能般地退後了好幾步。

但耿向言看的不是她的臉。他直視聶祈風的螢幕，寒冬似的雙眸裡下了雪。當聶祈風察覺到異樣，轉頭看他時，那場雪已轉變成一場地獄之火。

「哇靠！耿向言！你幹嘛？」

耿向言怕是快燒起來了，「你為什麼有我妹妹的好友？」

這一聲質問並不低調，頓時引來眾人的目光。那些人的眼裡明白寫著「他是變態嗎」，聶祈風頓時絕望地墜入了社死深淵。

姚子螢在不遠處看戲，笑得比剛才更大聲。

哎呀，聶祈風是不是要提早下來陪她了？

「耿湘云，妳為什麼加聶祈風好友？」

數小時後，耿向言直奔家裡。姚子螢看得很清楚，他雖然步伐依舊穩健，卻比平時快了一些。

他居然那麼關心妹妹的感情生活呀？

今天沒班的少女懶洋洋地躺在房間的沙發上，一聽哥哥這麼問，表情更隨便了。

「他來我們店裡買咖啡，我就跟他要帳號了。」

「……」感覺沒回答到他的問題，但又不知道從哪裡問起。

「幹嘛？我不能交朋友嗎？」耿湘云從沙發上起身，一臉不悅。

「那傢伙年紀比我還大，而且……」

一言難盡。

聶祈風倒也不算壞人，但……就是一言難盡。

耿向言面無表情，卻看得出他的眼神有多死。

「是不是因為他是你同事，你才覺得怪怪的？」姚子螢靠近他耳邊問。

耿向言瞥了她一眼，那張笑嘻嘻的臉有點刺眼。幸災樂禍的傢伙，難道她也覺得聶祈風很不錯？

「而且怎樣？他人不好？」耿湘云追問。

「我沒辦法回答這問題。」耿向言冷冷地說：「妳這麼問，是對他有什麼想法？」

沒想到耿湘云直接點了點頭，語氣乾脆，「我覺得大叔挺帥的啊。」

「……」

姚子螢摀住嘴，卻止不住弧度上揚。她覺得耿向言的眼裡有微妙的火花，似乎正在和「什麼」對抗。或許是道德感？呃，說不定是想殺人的負罪感……

「哥，你別管我，我已經是大人了。」耿湘云的鼻子哼了一聲，「……而且，你不是也偷偷交了朋友？」

「誰？」耿向言還在不爽。

聽見此話，耿湘云揚起神秘的笑容。那一刻，竟和姚子螢的氣質有點相像。

「這裡有其他『人』在吧？喔，說錯了。」她壓低嗓子，目光愉悅，「……不是人。」

耿向言的眼中閃過一絲驚愕，但他沒表現出來，也沒看向摀嘴大叫的姚子螢。

「又在開玩笑了？」他挑眉。

「不要敷衍我。」耿湘云的臉上瞬間堆滿不悅，「那天在公園，我拍了狗的照片叫你來，你是看見『她』才急忙趕過來的吧？而且，以你的個性，才不會去追朋友的狗。」

追到柴犬樂樂之後，耿向言的異常舉動她是默默看在眼裡的。她還用了幾天的時間驗證，直到今天才確定這件事——

她家一定有鬼！

「哇！你妹妹跟你一樣聰明！」姚子螢忍不住驚呼。

耿向言倒是一樣冷靜，從容詭辯，「我是怕妳被咬。」

「喂，不要那麼噁心！你才沒那麼關心我。」耿湘云翻了白眼，「你不說實話對不對！那，你怎麼解釋那個會飛的髮圈？」

會飛的髮圈？

靠。

耿向言轉向姚子螢，眼裡出現冷冷的殺氣。她一臉心虛，伸手遮住自己那頭梳成公主頭的秀髮。紅色髮圈就綁在髮上，罪證確鑿。

「你、你說在家可以綁的……」媽呀，她不想又死一遍。

見哥哥的表情終於出現破綻，耿湘云露出滿意的笑，「放心吧！爸媽沒看到，只有我知道。而且爸也不信你有陰陽眼啊。」

耿向言嘆了一口氣，正想問妹妹要幹嘛，卻見到她從沙發上跳起來，在電腦桌的抽屜裡翻出一個平板物體。他仔細一看，是液晶手寫板。

「她是女生吧？有那麼可愛的髮圈！」耿湘云興奮地在手寫板上寫了幾個字，並展示給空氣看，「鬼小姐！麻煩妳回答一下好嗎？」

方向完全不對。

姚子螢根本不在那個位置，但她還是十分配合地飛到手寫板前面。

我是云云，妳叫什麼名字？

「喔！好棒！」姚子螢丟下這句話，便伸手抽走耿湘云手上的感應筆，在手寫板上寫了自己的大名。

「好棒」是怎樣？

「姚姚？是這樣念沒錯吧。」耿湘云雙眼放光，「靠！哥，我終於遇到靈異事件了！哇喔！」

「哇喔」又是怎樣？

耿向言完全不懂那兩「人」。最後，他把目光放在那塊不斷被寫上字的手寫板上。

「……」

這算是另類的筆仙嗎？

//////

「你妹妹好可愛！我跟她很有話聊耶！」

「她還說，她要送我另一種髮圈！」

「因為你，我還以為你們全家都冷冰冰的，哈哈。」

「……」那還真是抱歉。

收留調皮鬼的日子裡，耿向言的耳朵本來就已經快長繭了，自從她和耿湘云變成「筆友」之後，他的耳膜更是受虐。

那一人一鬼把手寫板當成交換日記在寫，聊了什麼他也未必知道。

不過，算了。現在，他有更重要的事要做。

進了公司後，耿向言把一杯星巴克咖啡放在聶祈風的座位上。聶祈風本來還在看手機，見到他的撲克臉後馬上嚇了一跳。

「星、星巴克？」今天有買一送一？

耿向言的目光像那杯冰咖啡一樣冷，「只是想告訴你，公司斜對面就有星巴克，買咖啡不用跑那麼遠。」

「……」他是在說耿湘云打工的咖啡店吧。

總之，聶祈風確信自己被耿向言拉進黑名單了。唉，塑膠兄弟情啊。

這不公平啊，他又沒拐他妹妹。而且，就憑耿湘云對他的嗆辣態度，他也不認為她對自己有意思。

應該吧。

「唉，少女心，海底……」

「你也知道她是少女？」耿向言的順風耳比他家的佛堂還靈。

她已經二十歲了，還能叫少女嗎？

好啦，跟他比起來，是妥妥的少女沒錯……

當然，這些心裡話，聶祈風也只敢放在心裡了。

「如果我有妹妹，不知道會不會跟你一樣？」姚子螢看他開始工作，便倒掛在他頭上的吊燈說話。

那傢伙不是穿裙子嗎？耿向言完全不想抬頭看。

「我怎樣？」他用脣語問。

「過度保護啊。你看，聶祈風又不是什麼壞人，長得也挺……」

挺帥？

不知道為什麼，耿向言更不想理她了。

「喂，那是誰？明星？」

忽然，安靜的辦公室開始變得嘈雜，多半是女同事的聲音。

耿向言本來就對周遭的事沒興趣，直到江苡薇把椅子滑了過來，小聲問他：「阿言，那是我們的新客戶吧？」

他微微抬眼，正好見到一個男人被接待進會議室的那一刻。他留了一頭顯眼的亮藍色短髮，在進會議室前，還回頭向辦公室的大家打了招呼。

「靠他超帥！」、「是他嗎？」的驚呼聲此起彼落，耿向言思考了下，想起等會兒那場預定好的會議。

蔚藍，知名的遊戲直播主。長相非常優越，年紀輕輕就擁有許多死忠粉絲，當然，大多數都是女性。

身為一個創意影像公司，剪輯、企劃影片的案子自然是接得不少，其中也不乏網紅和知名 YouTuber 的委託。但像蔚藍一樣親自來接洽，又長得好看的合作對象，是少之又少。

也難怪辦公室的女生會這麼躁動。

耿向言挑了一下眉，想起那隻愛好帥哥的色鬼。這時候，她肯定雙眼放光……嗯？人呢？

姚子螢早就不在吊燈上了。

「……該不會跑去會議室偷窺了？」他喃喃低語。

算了，反正他等一下也要進去開會。到時候得用眼神警告她，讓她別鬧出靈異事件才行。

耿向言不知道從什麼時候開始，漸漸習慣幫她收拾爛攤子了。幸好她還算乖，目前沒闖出什麼大禍，但，要是以後……

他愣了一下。以後？

不知道從什麼時候開始，他也考慮了她的以後。可像她那樣的存在，總有一天會消失的。

耿向言斂下眉睫，在腦海中抹去那張不斷出現的笑臉。

與蔚藍開完會後，耿向言下意識走到茶水間，果然在沙發上看見斜躺著的姚子螢。

他順手弄了一杯咖啡，低聲問她：「妳幹嘛躲起來？」

她剛才根本沒去會議室，所以他才來這裡找她。

「我哪有躲？」她立馬坐起來，「我不是很常來這裡偷懶嗎？不對，我又沒工作，算不上偷懶。」

「我以為妳對帥哥有興趣。」耿向言挑眉，語氣微酸，「……畢竟，妳對聶祈風也很有興趣？」

「哪有？我沒要和云云搶喔！」她完全忘記自己不是人，也忘記自己搶不贏活人。

「而且，聶祈風戴細框眼鏡，長得像霸道總裁一樣，雖然不錯帥，但不是我的菜啦。」

不然哪種是妳的菜？這句話像泡沫，在他的腦海中隱約浮現。

「……我回去了。」靜默半晌，他低聲拋出這句話。

「咦？這就要回去了？耿……」

「耿先生？」

蔚藍那把清朗的嗓音填滿了整個茶水間。耿向言抬眼看他，那張滿滿少年感的俊朗臉蛋正在對他笑。

他的年紀其實比耿向言大三歲。但他的五官和穿著看起來很減齡，說是比耿向言小，也會有人信。

「你好，藍先生。」耿向言禮貌回應。蔚藍的本名叫藍文麒，這麼有氣質的名字倒是有點不符合他的開朗形象。

「我來這裡喝杯水。對了，耿先生，之後我的專案就拜託你了啊。」蔚藍的目光真摯，可能他也明白剪輯師有多重要。

「那是當然。」耿向言點了點頭。

「啊，我方便加一下你好友嗎？有些剪輯的細節我還是想直接跟你溝通。你知道的，企劃書有時候比較死板……」

耿向言當然沒有拒絕的理由，畢竟他平時工作也以作品為重。更何況他們是小公司，本來就沒有那麼多規定。

交換好帳號之後，蔚藍便離開茶水間了。可耿向言早在剛才就注意到，姚子螢一直躲在自己背後。

太安靜了。

「他走了。」耿向言淡淡提醒她。

「喔！我知道啊。」姚子螢的語調似乎和平常不同。既不高昂，也不從容。她看了他一下子，擠出笑容：「回去座位吧？我想看看你工作的樣子。」

她走在前頭，背影看起來有些寂寞。

他注意到，她用腳行走時，總是特別有人的氣息。但背後的原因，恐怕是對人世的懷念。

「姚姚，他是誰？」耿向言停下腳步，低聲問她。

姚子螢的步伐也停了，但她沒有回頭。

很多時候，她覺得自己長得不錯，也喜歡笑給他看，能電暈他就值了。可這次，她不想讓他看見自己的臉。

「……你發現了啊。」她低下頭，淡淡回答：「前男友。」

「嗯？」耿向言愣了愣。

「蔚藍……不，藍文麒。」姚子螢想起很多事，包含「他」的清俊眉眼。剛才她看都不想看一眼，現在卻有些懷念了。「是我的前男友。」

但懷念的是人，抑或塵世，她也說不清了。

//////

他從床上醒來的時候，那傢伙已經不在沙發上了。

耿向言花了一點時間讓自己的頭腦清醒，卻在本該一片空白時，想起了她落寞的臉。

死後遇見親密的人，是怎樣的心情？他沒見到姚子螢大哭一場，卻覺得那場雨已經在她的心裡下了很久。

以前，他也遇過不少對人世還有執念的鬼。有些在他幫忙之後，得償所願地消失在白光中，但也有些不是。他雖然沒被糾纏，但也清楚那些存在還沒有離去。

不知道「祂們」現在怎麼樣了？像姚子螢那樣的傢伙，能夠自由自在地在人間徘徊多久？

耿向言沒想出答案，應該說他也沒認真去想。反正，她還在眼前。

他循著聲音，一路找到「她」的位置。他見姚子螢坐在耿湘云的床上，興致勃勃地和他的妹妹用那塊冷冰冰的板子聊天。不過，耿湘云似乎懶得寫字，所以直接對空氣說話；姚子螢比較忙一點，只能用手寫板回答她。

他還以為她多少會為了蔚藍的事煩惱。現在看來，是他擔心太多了。

耿向言淡淡地抿起一抹笑。

不久後，兩「人」發現耿向言的存在，耿湘云竟忽然不說話了。看妹妹埋頭寫字的樣子，耿向言無言地問：「是在聊什麼見不得人的事？」

他對妹妹說話本來就直接，現在和姚子螢混熟了，更是百無禁忌。

「沒事。」耿湘云立馬回頭。

「喔！我們在討論要怎麼回聶祈風的訊息。」姚子螢笑嘻嘻地說。

兩個傢伙幾乎是同時回答。耿向言用銳利的視線望向妹妹，耿湘云才發現自己不小心被姚子螢出賣了。

「你幹嘛那麼嚇人？妹妹談個戀愛又沒什麼。」看他那張陰森的臉，姚子螢不禁勸說他，「啊，其實也還沒開始談，不用那麼緊張啦。」

「也差太多歲了吧。」耿向言下意識吐出這句話。

說完，他才想起姚子螢和蔚藍也差很多歲。

十八和二十六……那男人還是人氣網紅，這戀愛說不定談得很辛苦。

那天之後，耿向言忍不住好奇心，在網路上查過蔚藍的女友。毫不意外，一點線索都沒有。畢竟蔚藍身為網紅，兩人談地下戀情的機率比較大。

接連查過她的事兩次，耿向言也有些罪惡感。但他現在，總是對她的事感到好奇。

那或許不是好事。

「哥，我已經二十歲了！」耿湘云再一次強調，目光雖傲氣卻堅定，「雖然我一直叫他大叔，但他也才大你兩歲。而且，就算大八歲也沒關係吧？我又不是小孩子了。」

八歲，正是蔚藍和她的差距。耿向言又一次想起她的事，而姚子螢在他陷落思緒的縫隙間笑了。

「云云真是勇敢。」她那句話像在說她，也像在說自己。

姚子螢似乎想起了過往，眸中掠過一絲緬懷。又來了，那天她見到蔚藍時露出的表情。

耿向言不清楚，她是不是想他了。

後來，他主動找她出門，去一座離火車站很近的景觀公園。這公園是新建的，知道的人還不多，特色是中央有一座寬廣的湖，湖邊有景觀餐廳，附近是老舊糖廠改建的展覽特區。

姚子螢很高興他帶自己出門玩，但又覺得，他大概是想讓她覺得「哇喔，好有趣～」，然後提早消失在白光裡吧？

姚子螢默默地回頭望了他一眼。是嗎？是嗎？這麼冷血？

耿向言當然不知道她正在擔心自己提早投胎，而是帶她到湖邊看看景色。幸好他們晚上才來，人不算太多。

雖然夜晚看不到公園裡獨特的裝置藝術及花花草草，但那座湖附近的樹和橋底下都布置了暖色燈光，溫柔地包圍了整片湖面，也算不錯的夜景。

耿向言就靠在欄杆旁，安靜地望著那座湖。姚子螢還是靜不下來，坐在欄杆上吱吱喳喳。

姚子螢看他一直不說話，偶爾才應幾句，便小心翼翼地問：「耿向言，你怎麼突然帶我來這裡？」

他們相處不少時日了，她也清楚他不會狠心趕走她。但關於「出門玩」這件事，通常還是由她主動提起。

今天他忽然提出想來這裡走走，難道是自己也有煩心事嗎？還是，真的想讓她提早去投胎？

耿向言終於把那雙優雅的眸子轉向她，「怎麼？出來玩還要有理由？」

「呃，就是覺得你有點反常。」她抓了抓臉，忽然想起一件事，「啊！你該不會是在煩惱妹妹的戀愛？太煩惱了，所以才想出來散心？」

「……不至於吧。」耿向言有點懶得想起聶祈風的臉。

「那該不會……是想讓我……」投胎？

姚子螢沒問出口，甚至閃躲了他的目光。耿向言似乎沒接收到她眼底的訊息，又將視線轉回湖面上。

說起來，姚子螢覺得他好像對自己的事一點也不好奇。云云也才認識她幾天而已，就問了她一堆生前的事，要不是她都不回答，恐怕連生辰八字都會被耿湘云翻出來。

但耿向言為什麼都不問她？

頂多，也就只有在面對藍文麒時的那一句「他是誰」而已。在那之後，就沒有了。

奇怪，他都……

「不好奇嗎？」她的介意如同一口人類的呼吸，溢散在空氣中。話說出口，她才發現自己真有一點點在意。

「嗯？」他果然沒聽懂。

「就……你真的不好奇我的事耶，好傷少女的心喔。」她其實也沒想認真問，多問多失望。

「……妳沒來過這吧？」耿向言突然問。

姚子螢愣了一下，不明白他的意圖。「唔？是沒來過。」

「那就好。」

他語調的濃度依然清淡，目光落在那座湖上，也看不清在想什麼。

幸好，他自己說了。

「要是妳不願意想起以前的事，那就去一些新的地方，記住一些新的人。」

姚子螢面容微怔，注視著他融入夜色的側顏。啊，原來他有把那件事放在心上呀。

她只用「前男友」三字簡單帶過，他卻在意她的執念，把她帶到這裡，給了她一些新的景色。不好奇她的事也罷，至少，他溫柔地要她擺脫前塵，向前邁進。

她早就知道……他是一個多麼溫柔的人。

姚子螢揚起微笑，那笑意像是被他塗抹在臉上一樣，「我又沒說我不願意想起來。而且，我本來就什麼都記得。」

耿向言看了看她，輕聲道：「是嗎？」

她聽出他溫柔無礙的質疑，就如同，他也看出了她對往事的逃避。

「不過，記住一些新的人也挺不錯的。應該說，好多了。」說完，她加深了笑，「我想問你一個問題。」

耿向言直覺那又會是一個棘手的問題，但他並不想拒絕她。「……嗯？」

「你說新的人，是指你嗎？」

她已是靈魂，沒道理認識更多的「人」。這句話的答案，也是再明顯不過。

可她就是想問，想窺見他不同的神情，哪怕只有一絲的變動也好。不知不覺中，她變得更貪心了。

等了一會兒，耿向言依舊沒回答。

但他給了她一抹淺笑，還有那道寧靜如夜的目光。她想，他的身邊，一定就是最安寧的去處吧。

「不愧是你，惜字如金。」姚子螢佯裝失落，笑容卻沒停下，「算了！我想去跑一跑。」

說完，她跳下欄杆，秀髮隨風揚起。那一刻，耿向言下意識抓住她的手腕，卻毫無意外地落了空。

「……」是他忘了，他碰不到她。

耿向言安靜地收回手，於遠處看著姚子螢在湖面上跑跳。那潭深水淹不了她的美麗分毫，幽黑的夜晚更是無礙她發光。

真耀眼啊。

——你說新的人，是指你嗎？

他們的緣分，遲早會結束。但現在如此，有何不可？

////

去赴約時，聶祈風做了很多心理準備。其實，他在理智上知道這件事是不對的。

光是耿湘云是耿向言的親妹妹，以及她還是個大學生——這兩點，他的心裡就有點過不去。可是，耿湘云的邀約總是那麼自然，見面時若即若離的態度，也讓他既安心又困惑。

安心，是指「戀愛」這件事，可能只是自己想多了。而困惑，是來自於耿湘云那雙偶爾會流露出坦率真心的眸子。

聶祈風不知道自己應該怎麼想。總之，他確定耿家的人都一樣怪。

「大叔，你來了啊。」

聶祈風早早就到了，狗女兒也難得乖巧地坐在他身邊。幸好店裡沒有其他大狗，不然樂樂可能會衝著牠們狂叫。

他抬眼望向長髮及腰的耿湘云。她率性地朝他揮兩下手，瀑布般的柔順黑髮傾倒在她的雙頰邊，襯托出她的白皙肌膚。她是和哥哥長得像，但優雅的眸子中另帶有一絲傲氣。不多不少，適合她刻在骨子裡的勇敢。

這是他第一次見她沒綁馬尾的樣子。好像，有點不那麼像大學生了？

「我也剛到。」聶祈風摸了摸樂樂的頭，禮貌應答。事實上，他早到了二十分鐘。

幸好這家寵物友善餐廳沒有限制用餐時間，所以聶祈風才提早過來等她。

「你點餐了嗎？我跟你說過這家店的咖啡也很好喝，你要不要試試？」耿湘云在他對面的沙發坐下，單手翻過菜單，熟門熟路地看。

但耿湘云家裡應該沒有養寵物才對。來這裡吃飯的人，幾乎都會帶寵物來。

那麼，她是常和朋友來嗎？

聶祈風望著她的臉思考，直到她抬眼抓住他的目光。她淺淺勾起嘴角，問道：「幹嘛？」

呃，有種被她抓到了的感覺。

他轉開目光，伸手揉了幾下狗，「咖啡我有點了，其他的妳先看看。如果妳想吃雙人套餐的話，妳隨意點，我都吃。」

「怎麼能隨便？這是我第一次找你出來吃飯。」耿湘云皺了皺秀氣的眉，眼珠子又轉回菜單上。

「……」她一如往常地讓他不知道該回什麼。

他覺得她的每句話都像誘餌，若有似無的那種。

點好餐後，兩人閒聊了幾句，柴犬樂樂還趁他不注意，跳上了耿湘云坐的沙發。他聽耿湘云說過她是貓派，但樂樂看起來還挺喜歡她的。

有幾次，他遛狗的時候順便去買咖啡，一人一狗也是玩得相當開心。就像現在一樣，他都要以為樂樂是她養的狗了。

「對了，我哥有沒有跟你說什麼？」耿湘云一邊玩狗一邊問。

這話題來得突然，聶祈風想了一下，不太確定地問：「什麼意思？」

如果是叫他去買星巴克，那倒是有。但把耿向言視他為變態的事情說出來，也太尷尬了。

「你不知道我在問什麼嗎？大叔，你看起來很聰明耶。」耿湘云撐住下巴，盈盈注視他，「而且，我聽說你在公司的時候比較放得開。你……對我幹嘛這麼拘謹？」

確實，在她面前，他總覺得自己是個大人，說話應該要穩重些。但其實他們的差距沒想像中那麼大，他原本的性格也並非如此，還是講講幹話比較適合他。

「在小鬼頭面前，我得穩重一些啊。」他雖然提起「穩重」二字，但講話的語氣輕鬆多了。

「什麼屁話？我才不是小鬼頭。」她果然又露出了死魚眼。

仔細想想，她說話難聽卻不討人厭，讓他想起某個姓耿的男人。只能說，有顏就是任性啊。

「所以？我哥真的沒跟你說什麼？」耿湘云不明白他為什麼忽然笑了，但她沒理會，而是堅持想知道這件事。

「能說什麼？」聶祈風聳聳肩，「我又沒做什麼壞事。」

他沒追她，也沒拐走他妹，就算耿向言要對他興師問罪，也沒罪能問。

「喔？」她似乎聽懂了什麼，笑得像隻壞貓咪，「你知道我在問什麼嘛。」

空氣中蔓延著一股尷尬氣息，也或許只有聶祈風這麼覺得。耿湘云看起來絲毫不介意微妙的氛圍，反倒樂在其中。

她沒說破，但他忽然很想問清楚。兩人明明才見過幾次面，她幹嘛對他那麼上心？她一點都不了解他，這樣沒問題嗎？

更糟的是，耿湘云若只是說著玩，那他可就算是自作多情了。

唉，女人心，海底……

「大叔，我們下次要去哪裡？」耿湘云沒窮追猛打，吃了幾口送來的餐之後就換了話題。

「下次？」聶祈風脫口而出：「妳現在學校不忙嗎？我以為妳正好在一個該用功的年紀。」

其實他想的完全不是「出去玩」這回事。他只是想問，她一個好好的大學生跑來撩「大叔」幹嘛？

「拜託！你不要那麼老套好不好？我都已經大二了，還說得我好像高中生一樣。」

耿湘云又翻了白眼，「大叔！現在的高中生也沒那麼乖了啦！」

「……行吧，被妳一說，好像我真的很老一樣。」聶祈風嘆了口氣。

聽了，她一秒笑出聲，「老也沒什麼不好啊。」

「重點是我不老。」他總算找到機會抗議年紀的問題。

「喔！好啦，知道了——」

兩人有說有笑，時間的差距逐漸被縮短。他望著她自來熟的樣子，感覺自己好像真的和她親近了一點。

出了店外後，樂樂忽然對著空氣不斷大叫。聶祈風其實很習慣了，養狗這麼久，也不是沒見識過他家柴犬的神經質。

耿湘云看了那隻狗幾秒，拿起手機拍了張照。

沒多久，她收到來自耿向言的回覆。

「喔？樂樂又看到了啊。」耿湘云望著手機自言自語。

「看到什麼？」聶祈風一臉問號，卻不自覺地感到頭皮發麻。他其實還沒聯想到什麼，但就是覺得哪裡不對勁。

「你不知道嗎？」她指著他的狗，「狗狗可以看見阿飄喔。」

「……」聶祈風的身子僵了幾秒。

現在是怎樣？她幹嘛突然開靈異玩笑？

等等，那是玩笑嗎？是玩笑吧？

耿湘云發現他的臉色愈來愈白，還詫異地問：「你幹嘛？」

「妳……妳才幹嘛？大白天的，怎麼突然說這種話？」他佯裝嚴肅，腳程卻愈來愈快。

「喂，大叔。」耿湘云的聲音讓他停下腳步。

「怎、怎麼？」他慢吞吞地回頭。

她注視他一陣子，才微微彎起嘴角，「……你是不是很怕鬼啊？」

「……怎麼可能。」

怎麼可能不怕。

「既然不怕，那要不要去我家看恐怖影集？」耿湘云笑得很美麗，語氣卻讓他不寒而慄。

這、這算哪門子的邀約啊？要是他去了她家，耿向言真的會告死他！

但她愈笑愈甜，目光愈來愈嘲諷……聶祈風吞了吞口水，勇氣橫生！

「好吧，但最好還是別被妳哥發現。」

「他怎麼了嗎？」耿湘云明知故問。

「……我怕他會殺了我。」這是真真切切的擔憂。

「才不會，沒到那種地步，除非……」耿湘云笑著靠近他一步，看起來很無辜，「你做了什麼奇怪的事？」

他才不會！別懷疑他的紳士精神！

聶祈風忍住想捏她臉的衝動，匆匆地別開了目光。而她，清清楚楚地看見他的耳朵逐漸泛紅。

真可愛，但到底在想什麼奇怪的事……才會變得那麼可愛？

耿湘云心情甚好地笑了笑，頗有某隻色鬼的架勢。如果可以，她還真希望他別那麼純情。

不過，他就是這樣才特別吸引她啊。

耿向言很少在假日的時候工作，但他今天沒什麼事要忙，便打算處理一下蔚藍昨天發給他的需求。姚子螢難得沒煩他，窩在沙發上用他的平板電腦，看她生前沒追完的劇。

他忙了一陣子，放在桌上的手機忽然傳來訊息聲，一人一鬼都抬了頭。

「苡薇姊姊嗎！」她的聲音超響亮。

耿向言沒理她，點開了來自妹妹的訊息。

「……」大白天就發給他一張靈異照片是怎樣？

對了，她今天和聶祈風那傢伙出門。他是懶得阻止，但不代表他不關心。

看來，他那隻狗也是滿會通靈的。

「喔？這『同事』才剛死沒多久耶。」姚子螢湊到他身邊看那張照片。她身上的花香在他鼻尖縈縈繞繞，他是習慣了不少。

「妳那樣說，我還以為死的是聶祈風。」他難得開玩笑。雖然這玩笑有些惡劣，但完全可以表達出他最近對聶祈風的「想法」。

「我是說這女的啦！你看，她還很透明。」她指了指柴犬樂樂看到的靈體。「哇，樂樂很棒耶，可以和你組成搭檔。」

「什麼搭檔？」

她神神秘秘地說：「廟公與狗。」

耿向言面無表情地把手機放回桌上，並戴上全罩式耳機。

晚上六點，耿向言的工作告一段落，才剛把耳機拿下，就看見姚子螢躺在自己的床上，一臉期盼地拍拍身邊的位置。他是不太明白她的腦袋瓜裡面都裝了什麼骯髒東西，但他不打算搭理她。

耿向言去廚房拿了一些餅乾，路過耿湘云房間的時候，看到底下門縫是暗的，便知道她還沒有回來。

從中午十二點到現在，一頓飯能吃那麼久？八成又去哪裡鬼混了。

回到房間時，他看見姚子螢坐在電腦桌前，觀賞他剪到一半的影片。影片內容是某遊戲的攻略，這算是蔚藍想轉型 YouTuber 的其中一支預備作品。以前，蔚藍都是單純做遊戲直播比較多，也就沒自學一些剪輯技巧。他想，等蔚藍把頻道做起來之後，說不定就會另找比較便宜的團隊了。

說起來，那隻調皮鬼也算會玩一點遊戲。無聊的時候，還霸占過他那台沒什麼在玩的遊戲掌機。

也對，她和蔚藍在一起過，說不定興趣很相近。

「啊，我也要吃餅乾！」她發現他手上的零食，滿臉笑容。

耿向言把整包洋芋片放在桌上，任由她吸取零食的氣味。他時常在想，那樣會飽嗎？

「那遊戲我玩過，還不錯。」她忽然提起這件事，臉色毫無異狀。

耿向言以為她會完全迴避關於蔚藍的回憶，沒想到她調適得還不錯。或許，她本來就不打算忘記他。

「想玩的話，可以用我電腦下載。」他淡淡地說。

「不了，以前早就破台了，哈哈。」她笑著回答：「我覺得你的掌機比較好玩。以前我都玩電腦遊戲，掌機上的獨占遊戲就沒什麼玩過。」

見她比較喜歡自己的東西，他不自覺地彎起嘴角。「……妳以前有在上課嗎？還是都蹺課去網咖？」

「喂，我下了課才玩好不好，也沒那麼混。」她皺眉抗議。

耿向言還想再說什麼，房門外卻忽然傳來男性的尖叫聲。他立馬皺眉皺得比姚子螢還深，眼中冒出陰沉的火光。

十秒後，耿向言用力打開了耿湘云的房門。房內一片漆黑，電腦桌前有一名少女、一隻狗，還有一個被嚇到魂快飛走的大男人。

原來他「們」早就回來了。

「耿、耿向言？」聶祈風跌坐在沙發下方，語無倫次地唸出他的名字。但他顯然不是被耿向言嚇到，而是被恐怖片抽走了三魂七魄。

「喔，哥，我們在看恐怖影集。」耿湘云懶洋洋地說出他一看就知道的事實。

「汪！汪！」然後，樂樂對著姚子螢狂吠。

「咦？姚姚也在嗎？樂樂，你看到姚姚了，對吧！」耿湘云注視樂樂狂吠的方向，還對空氣揮了揮手。

聶祈風抖了幾下，澈底腳軟，「什、什麼瑤瑤？看到什麼……瑤瑤是人嗎？」

「……」看來不用罵了，那傢伙差不多要瘋了。

廢柴如聶祈風，竟在耿湘云的房間短暫地暈了過去。耿向言一臉嫌棄地把他扔到沙發上，還冷冷地訓了妹妹一頓。

姚子螢在一旁看戲，看他念叨妹妹怎麼可以隨便帶男人回家。耿湘云則反駁他才不是隨便的男人，只是個笨男人。她看兄妹雞同鴨講，忍不住笑了好久。

後來，耿向言不甘願地去廚房裝了杯水給他。回到房間後，他看見兩個女人圍著沙發上的廢柴，興致勃勃地用手寫板聊了起來。

也靠太近了吧？

「我發現大叔昏迷的時候好像更帥一點。」耿湘云這話很驚悚，但姚子螢完全懂她。

對耶，我最近也覺得他看久了還挺順眼的。

姚子螢立馬用手寫板附和她。

「姚姚，妳知道怎麼弄暈人嗎？」耿湘云一臉認真地問。

我不擅長那個，但我可以附身他，再去床上睡覺！

「喔！好棒的主意。」

聽完那兩個女人的奇葩言論，耿向言拿著水杯，面無表情地走到聶祈風的身邊。然後，往他的腿上澆下去。

「啊啊啊啊啊！」

月不黑風也不高的夜晚，聶祈風驚恐地睜大雙眼，映入眼簾的是面容陰森的男同事。

有那麼一瞬間，他覺得鬼好可怕，人也好可怕……

章五

不能說的話

姚子螢自己進了店裡，迎面而來的是撲鼻的咖啡香。她想起自己生前的喜好，咖啡總是喜歡喝甜的。這麼多咖啡，她也沒懂幾種。而且比起咖啡，她更常喝酒。

不過，她還是很喜歡這間店的溫暖氛圍。

耿湘云打工的咖啡店裡有一隻店貓，見到她時，果不其然地對著她喵喵叫。但當她想摸貓咪一把的時候，那隻橘貓便飛也似地逃離了。

哎呀，連貓都不喜歡她啊。

「算了，反正我也摸不到貓。」她吐了吐舌。

耿湘云一個人在櫃台，注意到貓咪的舉動，很快地意識到她來了。但她在工作，不方便用手寫板，只好在手機上打幾個字給她看。

等一下我可能會有點忙，妳隨意玩，甜點櫃的蛋糕都可以吃！

耿湘云覺得姚子螢就是這點最方便，不管吃了多少食物，食物都不會減少。等她死後，她也想到處吃美食。

姚子螢當然不知道她有多羨慕自己，吸了幾口甜點的味道後，在她的手機上寫了

「謝謝」兩字。

今天，她本來要跟著耿向言去上班的。即使耿向言上班時不會搭理她，她還是覺得在他身邊的時候最有趣。

不過，聽說藍文麒今天要去他公司開會。

可以的話，她不想再見到那個人。

耿向言似乎懂她，早在上個禮拜就告訴姚子螢，要是她不想見前男友，就在蔚藍要來開會的日子待在家裡打遊戲。

但她和云云說好了要來探班。雖然耿湘云看不見她，但有個人類朋友在視線範圍內也不錯。

姚子螢跳上吧檯，坐著看耿湘云忙碌。不久後，咖啡店的玻璃門被推開，一股淡淡的木質香隱約竄入她的鼻尖。自從當了鬼，她的嗅覺就比人類還靈。

姚子螢認出這味道，僵住了身子。

「小姐，我要一杯美式，謝謝妳。」他的嗓音如浪花般清爽自然，她聽了幾千遍，也試圖忘過幾千次。

姚子螢離開了吧檯，背對著他，可店內的鏡子卻反射出他始終如一的模樣。她看進眼裡，不自覺低下了頭。

「咦？你是蔚藍？」耿湘云立刻認出了他。

蔚藍愣了一下，才笑說：「對，妳有看我的直播？」

「是沒有，我只玩恐怖遊戲。」耿湘云一邊點餐一邊說：「但你是我哥的客戶，所以我記得。」

「哥哥？」

耿湘云點頭，「嗯，耿向言，影片剪輯師。」

蔚藍這才恍然大悟。「喔，耿先生是妳哥哥？還真巧。」

「沒錯……啊，一杯美式對吧？」

蔚藍本來把目光移到了甜點櫃上，聽她這麼講，似乎猶豫了一下。後來，他淡淡地笑了笑。「不好意思，幫我改香草拿鐵好了，外帶。」

耿湘云看了他一眼，沒多說什麼便幫他結帳。後來，她拿起外帶杯和奇異筆問他：「先生，姓藍對嗎？」

「幫我寫姚小姐吧，女字旁的姚。」他忽然說。

姚子螢已經走到玻璃門前，卻被過去的聲音追上腳步。她呆站原地，身後傳來的嗓音句句入耳，字字悲傷。

但他有什麼資格難過？當初對她如此，他有什麼資格……

「送人的嗎？那我幫你加上紙袋喔，比較好拿。」耿湘云沒聽出異樣，俐落地從抽屜中拿出了紙袋。

「謝謝。」蔚藍對她微笑，又說：「是給我女朋友的。」

姚子螢愣了一下，倉皇回頭。她見他的側臉笑得幸福，不禁握緊了雙拳。

在耿湘云看來，蔚藍的笑臉很甜，彷彿那場戀愛是現在進行式。但只有姚子螢知道，他的嗓音恬淡哀傷，像是在懊悔她的離去。

不，他沒有資格懊悔。

一年的時間很短，足以讓她被過去的陰霾追上；一年的時間也很長，讓她試著相信自己能像那人說的一樣，忘了舊人，然後，記住一些新的人。

但，已在世上被抹去的她，真有資格拖住誰的腳步嗎？

她的神色晦暗，不見天光。

「原來你有女朋友，你的女粉一定很傷心。」

「哈哈，沒有公開啦！」

「……」

假裝「她」還在，到底有什麼意義？

姚子螢緩緩地鬆開掌心，再沒有看藍文麒一眼。

做好蔚藍的咖啡後，耿湘云目送他離開。見店裡沒其他客人，她拿出手機想和姚子螢聊天，卻發現她似乎已經不在這裡了。

「咦？要走也講一聲嘛。」

她雖然這麼說，但也沒有很介意。後來，她想起蔚藍說的「女朋友」，若有所思地望著手機螢幕。

「……姚姚也是姓氏嗎？」

／／／／／

他一到這裡，就看見她了。

少女的背影，孤清得像一句他從未聽過的遺言。

耿向言慢慢地從背後走近她，坐在欄杆上的姚子螢孩子氣地踢了幾下腿，好像也知道他來了。

到晚上都還沒見她回來的時候，他便知道她應該會在這裡。他還發現來公司開會的蔚藍，手上拿著一杯「那間店」的咖啡。

他知道今天姚子螢會去找耿湘云，因此推測，她和蔚藍應該是碰上了面。

「……妳不餓嗎？」走到她身旁時，耿向言說的竟是和她的喜悲無關的事。

姚子螢轉過身來，一如往常地只對他笑，「還好，我剛才偷偷吸了別人的鹽酥雞一口。」

「不要隨便亂吃別人的東西。」他意思意思地唸她。

「又沒關係！」她伸手指了指他的臉，嘴角上揚，「喔！難道你會吃醋？因為我吃別人買的東西？」

她開的幼稚玩笑也是一如往常，根本看不出來她有哪裡心情不好。但他，就是能感覺到如碎片般的思緒在她的眼中迷了路。

「我會吃醋，但也要看對象是誰。」他挑眉，「是妳的話，大概不會。」

「咦——」姚子螢大失所望。

耿向言笑了一下，看她在那邊焦慮地呢喃「會吃誰的醋？」，不久後，才緩緩地開口：「妳今天見到蔚藍了？」

姚子螢驚訝地抬眼，「你怎麼知道！云云告訴你的？」

「……不然妳怎麼會來這？」他反問了她。

「為什麼不能來？我覺得夜景很好看啊，我喜歡。」姚子螢虛張聲勢地挺胸。

「妳說過，有煩惱的話，會想來這裡散心。」他頓了一下，淡淡勾起嘴角，「不是嗎？」

原來，他又記住了自己說過的話。她的心間一陣甜意，更想起他今天竟然主動提起了藍文麒。

這麼說，他對她也是有點好奇的吧？

姚子螢沾沾自喜地看著他，他雖不明所以，還是繼續說了：「那間咖啡店就在公司附近，要是他以後又來開會，妳就先別去找云云吧。」

他依然為她的心情設想，可這次，她有不一樣的困惑。

「沒關係，難得的巧合而已。我只是在想，我一直迴避他，算是好事嗎？」

耿向言聽她的語氣充滿迷茫，便告訴她：「哪有分什麼是好事，什麼是壞事？看妳想不想而已，照自己的想法走。」

很體貼的答案呢。姚子螢又笑了，「耿向言，如果你有女兒的話，可能會把她寵壞喔！」

耿向言輕哼一聲，「……我又不是在寵女兒。」

也對，她不是女兒。但她有一點好奇，她算是什麼呢？

姚子螢也算慢慢地了解這個人了。這種笨問題，他不會回答的。

「你不是叫我去新的地方，記住新的人嗎？但我在想，這樣是不是很不負責任？」

「怎麼說？」

姚子螢從欄杆上跳下來，站在他身邊，「在這世界上，一定有人還記得我以前的樣子，對吧？但我只顧著去新的地方，和新的人相處，還讓『新的人』記住總有一天會消失的我，不是很不負責任嗎？你難道不會覺得，我一點也不在意以前認識的人，是件很冷漠的事？」

「妳想負什麼責任？而且，妳現在才想這件事也太遲了。」不知道為什麼，他輕輕地笑了一下。但那不是嘲諷，而是溫柔，「妳已經遇到我了。還有云云，和那些……妳以後想交的朋友。」

姚子螢愣了一下，聽他用溫柔的語調訴說那場相遇。

不對，那才不是「相遇」。

是她看上他的義氣與溫柔，才厚臉皮地跟上去的啊。

「緣分，隨心而走就好。還有，記住妳想記的人就好。忘了『他』也好，想記住也沒關係。」

他說了兩次「就好」，像在告訴她，她可以留在這裡就好。明明她總有一天要走，他還是那麼說了。

「雖然，妳可能是某些人的遺憾，但妳不用為此負責。」他嘆了口氣，「……而且，妳要用什麼負責？帶著生前的記憶留在這裡，已經很不容易了，還管什麼冷不冷漠的。」

「哎呀，你明明沒死過，怎麼能這麼溫柔？」姚子螢別開目光，望向平靜的湖面。

耿向言注視她喜愛的那片景色，忽然想起那次相遇。他在超商的時候就看見她了，只是因為她看起來不像鬼，所以他才沒在第一時間察覺她和別人的不同之處。

要是他知道，說不定會想多看她幾眼。他也想知道，她到底是在哪一刻決定要跟上他的。

還有……她那若有似無的喜歡，是真心的嗎？

「……我不是第一次救被變態騷擾的女生。」他望著湖面，淡淡地說。

姚子螢看向他的側臉，過了一會兒，才笑說：「不意外啊，你看起來救得很熟練。」

「不過，我有點慶幸那次救了超商的女生。」耿向言的笑意很淺，幾乎讓她看不見。

他隱約的笑意承載著秘密，而它的主人，似乎希望她能發現。

那道暖流如煙，從心間的縫隙溢散，悄悄燻紅了她的眼睛。姚子螢再度別開目光，用力地眨了幾下眼。

原來，他開始慶幸那場相遇了。

姚子螢不想被他發現臉上的淚光，很努力地強迫自己暫時不說話。但耿向言還是發現了，而且，他還在這時想起了一個人。

「……妳生病的時候，他在嗎？」或許是氣氛使然，今天的他特別喜歡說話。他探問了她很多事，她卻有種被放在心上的感覺。

耿向言沒說是誰，但她知道是誰。

姚子螢輕輕搖頭。

他注視著她，把她眼中的悲傷印在腦海裡。那時候，他才發現自己想問的其實不是這句話。

妳還喜歡他嗎？

但有些話，是不能說的。他能說的，只剩下這一句。

「我剛才說，就算妳想記住他，也沒關係。」他一想起她病重的時候，那傢伙不在她身邊，便感受到一股難以言喻的怒氣。

但他沒把怒火傾瀉而出，只是專注看著她。

「嗯，但我不……」

「我收回那句話。」

「咦？」她轉頭。

耿向言還看著她，那雙眸子比夜還深，盛滿未曾認識過她的遺憾。她一愣，意識到他和自己的距離比平時還近。

從什麼時候開始，她能感受到他對自己若有似無的情緒？

從什麼時候開始……他也有了如此焦灼的眼神？

「姚姚，妳忘了他吧。」他說。

那個夜裡，他找到了她。在她以為他能支持她所有決定時，他卻傾訴了自己的私心。

或許，那便是界線崩毀的前兆。

⁄⁄⁄⁄⁄

雖說一個人去遊樂園多少會引人注目，但為了滿足她，他還是帶她去了。

耿向言要出門的時候，爸媽和妹妹都不在，他還有點困惑今天到底是不是禮拜日。最近發生了很多事，工作也變忙了，日子過得很快，他偶爾會分辨不出……今天是哪一天。

他身邊的這隻調皮鬼，更是不知道已經在人間度過多少光陰了。

耿向言看她似乎特別高興，走路的速度也很快。也好，她肯多在地上走路算是好事，不然他總是要往天上看，更容易讓人發現。

這天他選擇搭捷運去，途中，他一樣戴上耳機之後才開口和她說話。也因為她，他已經很久不用抗噪耳機了。

「仔細想想，你的假日好像都被我塞滿了耶。」姚子螢忽然有感而發。

要不是別人聽不見她說話，耿向言還真想摀住她的嘴巴，要她別講那麼肉麻又引人誤會的話。不過，要是他真的想讓她閉嘴，恐怕也只有符咒有用了。

「如果妳能自己安靜待著，就不用那麼麻煩了。」他無情地說。

「咦？麻煩？和美少女約會怎麼會麻煩，會有很多人羨慕你耶。」她一臉不服氣。

沒人看得到她，是要怎麼羨慕？

而且她身穿高中制服，別人可能會先把他當成變態。

「啊，有位子了，快坐！」說完，她迅速往空位走過去。

耿向言看了一下周圍，過去坐在她身邊，神色微妙。

「……妳不怕等一下有人坐在妳身上？」畢竟對別人來說，那是一個空位。

「不會啦。」她神秘地笑了笑。

「為什麼？」

「我們身上都有一種氣場。有時候，你可能會覺得你很不想坐某個位子。那通常……就是有『同事』坐在那裡喔。」姚子螢又一次為他解釋那個世界的奇妙特性。

他是有聽說過這個說法，但沒想到是真的。

不過，在一位難求的捷運車廂上，這種事真的有可能會發生嗎？捷運到站後，姚子螢輕快地起身，比他早一步下車。他看了一眼她剛才的位子，這時，一個男人慢慢走過去，一屁股坐在上面，臉色並無異樣。

好吧，她果然很懂鬼。

到了遊樂園之後，很多地方都大排長龍。耿向言其實不喜歡人多的地方，但看她興奮的樣子，還是陪她排了雲霄飛車。反正，遊樂園的人很多也在預料之中。

不過，當他們開始排雲霄飛車的時候，前方突然有一群人離開，隊伍一下子前進了不少。看見此景，耿向言還以為姚子螢給別人下咒了。

「安全帶要繫好喔，不然你就要來和我作伴了。」坐上雲霄飛車後，她笑嘻嘻地提醒他。

耿向言無言地看了看她，已死的她，「……那妳幹嘛繫安全帶？」

「喔！入境隨俗嘛。」姚子螢雙手指向自己腰間的安全帶，精神抖擻。

那成語最好是這樣用。

結束後，姚子螢看起來意猶未盡，又找他多排了幾次隊。他們就這樣玩了五趟，玩到耿向言都有一點想吐了。

但他還是撐了下來，直到……

「我們去玩自由落體！」姚子螢高舉雙手，笑得像遊戲裡那隻他想打爆的大魔王。

「……不先去吃飯嗎？」他面容滄桑。

她注意到他的臉色，笑說：「耿向言，你是不是老了？」

「這跟年紀無關。」他出言辯解，「我本來就不常來遊樂園。」

「就算有來，應該也是顧包包吧。」

「……」耿向言瞪了她一眼。

難得見到他瞪人，姚子螢忍不住大笑。原來他也有這麼多表情啊，真想再多看一點。

姚子螢輕盈地往前走，連跑帶跳。耿向言慢慢地跟在她後面，雖然腳步不快，但也不會弄丟她的身影。說也奇怪，他覺得這傢伙今天離自己特別遠。

難道是因為他在公園對她說了那些話？

他能理解她不想忘了蔚藍。但她，原來比想像中還要在乎那個人。

耿向言不自覺地沉下臉，直到她回頭呼喚他的名字。

「耿向言！我們去海盜餐廳吃午餐！」她的笑臉依舊燦爛。被她惦記在嘴上的名字，聽起來也遠比以往鮮活。

她有那樣的魔力，吸引他踏入早已模糊的生死邊界。

但他知道，那樣是不對的。

「今天不想用吸的，我要用嘴巴吃飯！」進了餐廳後，姚子螢說出了驚人言論。

他真佩服她的腦子，「妳是想讓我上新聞？搭配義大利麵從盤子上消失的影片？」

姚子螢愣了一下，才說：「我跟你坐同一邊就好啦！你面對牆這一邊，沒有人會注意啦。」

「……監視器。」

她神神秘秘地靠近他說：「檢查過了，這裡沒有！」

簡直像預謀犯案。他拿她沒辦法，只好裝作自己是大食怪，去櫃台點了兩份餐。

「先說好，假如妳被多管閒事的路人請法師超渡，可不關我的事。」把餐點拿回桌上之後，耿向言努了努下巴，示意她開動。

「哈！你很會開玩笑耶。」姚子螢笑得花枝亂顫。

「……」他可不是在開玩笑。

說起來，她今天似乎特別像人。不僅不在天上飄，也學會用嘴吃飯了。耿向言總覺得她不對勁，但又說不出是哪裡不對勁。

後來，他在她喝湯的時候，面無表情地問：「姚姚，妳是想投胎了嗎？」

「噗！」她噴出一口玉米濃湯。

耿向言瞪大眼睛，立馬低下頭，裝作是自己噴的。等他抬頭時，周遭已經沒有人在看他了。

看樣子，應該沒被看到。

靠，他到底招惹了什麼倒楣鬼？

「抱歉、抱歉。」姚子螢想拿衛生紙擦，耿向言卻搶先拿走桌上的衛生紙，認命地收拾桌面。

她望著他的黑臉，尷尬地說：「呃，為什麼那樣問？我還沒玩夠耶。」

「因為，妳今天一點也不像鬼。」

雖說她本來就不像，但今天又更不像了。

「跟你約會，我想看起來像人一點。怎麼樣？我像不像初戀女友？」姚子螢一臉玩笑樣，他完全看不出她的真心。

耿向言挑了挑眉，看她笑容嫣然，有種想捏她臉的衝動。

知道自己遲早會走，幹嘛還一直撩他？害得他也逐漸習慣有她的日常，逐漸把她看作正常人。

明明他不該那樣。

「啊，我們吃飽去搭摩天輪吧。」不知道是不是他的錯覺，她似乎刻意轉移了話題：「玩自由落體的話，我怕你把牛排噴出來。」

「我看妳噴玉米濃湯噴得很自然，一點也沒有怕的樣子。」

「喂！我又不是故意的！」

耿向言輕輕地笑了笑，看她嘟著嘴把剩下的東西吃完。離開餐廳後，她又一個人走在前面，看起來心情還不錯。

但他，清楚地看見兩人之間的距離愈拉愈長。

不對，她不是人。她想離開了，也是情有可原。

「快過來！沒人在排隊！」前方的姚子螢朝他大喊。

他隨意地揮了揮手，甩開惱人的思緒。

他，真的很討厭多愁善感的自己。

他跟著姚子螢走進摩天輪，這才發現腳下是透明玻璃，看得見「嚇人」的風景。耿向言立馬找地方坐下，望著那個不是人的傢伙走來走去，車廂也跟著晃動，不久後，他的臉色逐漸凝結成冰霜。

「……妳要不要好好坐下來？」

他雖然覺得自己的耐心本來就有待加強，但她簡直就是擅長惹毛別人的專業戶……

「為什麼？你怕高嗎？」她驚訝地問。

簡直就是。

「你可以趁這個機會多習慣一下，我平常在天上飛的時候就是這種感覺喔。」她絲毫沒察覺他的臉色黑了一半，「早早習慣，以後就不怕啦。」

以後？是在說他死了以後？

那也還久，不必預習。

「喔，還是我帶你飛看看？直接挑戰大魔王！」姚子螢站定在車廂中間，調皮地朝他伸出手。

「什麼意思？」他挑眉。

「抓著我，我帶你飛出去看看啊。放心吧，我不會放手的！」她笑得賊兮兮，雙眸瞇成一道彎月，像隻調皮的狐狸。

說得好像他能碰到她一樣。

耿向言懶得糾正她，但她的笑容依舊好看，看了幾遍，都像是最初那樣。

「美少女直升機，值回票價喔！別人肯定羨慕你，說怎麼你搭的摩天輪比較好玩……」

他望著她胡說八道，嘴角勾勒出和她一樣的弧度。忽然，他朝姚子螢伸出了手。

在即將碰到她的那一刻，姚子螢愣了一下，迅速地收回了手。

怎樣？明明是隻色鬼，卻碰不得？

「哈，你忘了你碰不到我了嗎？」她又笑了，卻有些僵硬，「……我是鬼喔。」

「我知道。」

他的手還在空中，看了她許久後，才緩緩放下。

她的目光猶疑，本能般地吱吱喳喳：「呃，要是你真的想玩直升機……我、我也有比較厲害的同事，是可以碰到人的。只是祂們都很低調，通常只有復仇的時候才會出現。不然，我幫你問問？」

他對她的「同事」一點興趣也沒有，平常她想聊靈界的事，他也只當成是聊天話題，聽聽就算了。要是她想引薦，那真是大可不必。

見他沒想回話，姚子螢躡手躡腳地在他對面的位子坐下。

「……」耿向言安靜望著她。

她平常總喜歡靠近他，吃不存在的豆腐，現在卻離得這麼遠。

或許……她是真的想走了。

「妳來過這裡嗎？」耿向言別開目光，問起別的事。說實話，他有點忘了是怎麼決定要來這裡的了。

「嗯，這裡是我唯一來過的遊樂園，我很喜歡。」她點了點頭，「小時候和爸媽一起來的。」

他沒聽過她聊起家人，但和她相處一段時日了，也沒見過她說要回去找爸媽，要不是關係不好，就是不在人世了吧。

也或許，和蔚藍一樣，她只是不想見到以前認識的人。

耿向言沒多問她的隱私，但姚子螢急著想找話題似地說了一堆：「那時候我爸媽還沒離婚，我也才三歲吧！有好多設施不能玩，但我還是很開心。呃……好吧，其實我有點忘記是不是真的很開心了，但就是因為記憶有點模糊，才能有一些美好的幻想。」

「幻想？」

「對啊，夢幻樂園之類的。很多小時候的記憶，長大後不是都會有點不一樣嗎？像是小學的教室，以前總覺得什麼都很大，像怪獸一樣，長大後回去看，才知道那些桌椅都矮到不行，一點也不可怕。遊樂園對我來說也是這樣。」說完，她頓了一下，「喔，我不是在說這裡不好喔！事實上，跟你來玩還挺開心的……絕對比那時候開心。」

他並不知道她的「那時候」發生過什麼事，但聽起來，她和家裡的關係不算緊密，也難怪她不想回家看看了。

「爸媽離婚之後，我媽也沒再帶我出去玩了。後來她再婚，除了給錢之外，也很少管我。」她笑了笑，似乎已經釋懷了很多事，「……所以我有點羨慕你家。」

「別太羨慕。因為陰陽眼的關係，我沒少被我爸罵過。而且他是警察，教訓人兇得很。」耿向言淡淡地說。

「咦？他幹嘛罵你？」

「他不信鬼神，都說我在騙人。」

姚子螢想起他爸那張嚴肅的臉，不自覺地抖了抖，「喔……他身上的確有一股氣場，讓我不太想靠近他。」

耿向言輕笑了一下，「他確實不受鬼的歡迎。」

「不過，要是你想讓他信鬼神，我可以幫忙喔。」她不知道又在想什麼有的沒的了，還一臉自信，「趁他睡覺的時候扯他棉被，他應該就會相信了吧？」

「……他可能會先進我房間把我揍一頓。」

「為什麼？都這樣了，他還覺得是你在惡作劇？」

耿向言聳聳肩，「不知道，我只是說其中一種可能。」

「那另一種可能？」她好奇。

「找人把妳超渡。」他秒答。

喂，怎麼最近動不動就提到超渡？他是不是真的很想叫她去投胎啊？

姚子螢灰頭土臉，惹得他輕輕發笑。最近耿向言的笑容多了，她也有發現。

很想多看一下子，就一下子。

「到了。」他忽然說。

姚子螢愣了愣，看他從位子上起身，走向自動開啟的車廂門。啊，原來是在說摩天輪。

她還以為，是在說他們的緣分。

「我們去室內吧？我想吹冷氣。」姚子螢往前跑了幾步，指向不遠處的兒童遊樂館。

那裡是她唯一玩過的地方，或許她有點懷念吧。耿向言一邊這麼想，一邊慢慢地跟上她。

才剛進館，姚子螢就有了想去的地方。她指著室內的大型溜滑梯和彩色球池，興奮地說：「我記得以前玩過那個！我想去看看。」

他本來想問她一定要和那堆小孩擠嗎，但看她笑成一朵花的樣子，他還是安靜地跟著她進去。

說也奇怪，雖然在裡面玩的小孩很多，陪同的大人也不少，卻有一區球池完全沒有人在。她步履蹣跚地踩著塑膠球進去，最後停在大象溜滑梯旁邊。

耿向言雖然有一點懼高症，但平衡感還算好，腳穩穩地踩在球池裡，也沒跌倒的跡象。姚子螢興奮地在球池裡晃來晃去，身子東倒西晃，就像多年前那個有爸媽的孩子一樣。

「妳很喜歡這裡？」他忍不住問她。

「不錯啊，你不喜歡嗎？」姚子螢高興地踩了幾下。

「不討厭，但是……」耿向言看了周遭一圈，「一個大男人自己在這邊待著，有點怪。」

確實，他沒帶孩子，身邊也沒「人」，一不小心可能就會被當成戀童癖。不過，或許是這裡的人都玩得太起勁，根本沒人注意到他。

「沒事啦！不會有人看你。」她篤定地說。

「是嗎？」

姚子螢沒繼續這話題，忽然說：「原本以為來了這裡會想起更多小時候的事，但我其實已經差不多忘光了耶。」

他挑眉，附和她說：「嗯，三歲的事情我也快忘了。唯一記得的，只有晚上忽然出現在我房間的一團黑影。」

呃，陰陽眼還真是辛苦呢。

「但這是我難得出去玩的回憶嘛。」她還是想強調一下不同之處。

「再去更多地方玩就好。」耿向言說得雲淡風輕，彷彿那是一件很容易實現的事。

「跟你去嗎？」她有趣地問。

「不一定。」他這話說得讓她有點失望，可他下一句又將她拉上雲端：「但，最好是。」

姚子螢怔了一下，望著他理所當然的平靜表情。或許，他也拿不准什麼時候要和她離別。

未來還很遠，她還能想像下一次和他一起的旅行。

但，究竟有多遠？

在那天到來時，耿向言會是什麼心情？

「……耿向言，我們去鬼屋看看吧？說不定會很有趣。」她甩掉感傷的思緒，佯裝興奮地往外走。她走得很快，像是要把憂慮丟在腦後。

「鬼屋？」背後的他似乎嘆了口氣，「妳不就是……」

「哇啊啊！」

忽然，姚子螢腳滑往後倒，濺起了幾顆塑膠球，如漫天的彩色泡沫。耿向言忘了她是鬼，下意識出手扶她的腰。

那一刻，他們一起陷進了球池裡。但她的溫度，卻紮紮實實地透過他的手臂傳來。

耿向言攬著她的腰，驚愕地睜大雙眼。她第一次接觸到他的體溫，再也不只是想像，再也……不是只能看著。

為什麼？

為什麼他能碰觸她？

她明明已經死了。

姚子螢的目光緊緊鎖著他，眼中承載千言萬語，卻一句都不說。他仔細看她的臉，感受她肌膚的溫度，忽然有了一個明確的認知。

她的氣息鮮活了起來。

忽然，她來到他的世界了。

「呃，我……」她被看了很久，聲若蚊蚋。

耿向言依舊攬著她，另一隻手卻慢慢地探向她的手。他像拾起一件寶物般，把她的手指撈起。

是人的溫度……是她的。

他不自覺深吸一口氣，同時注意到她的脣，似乎比以前紅潤不少。他不明白胸口迸流的心情，不明白萌生的慾望，不明白自己現在想做的事。

世界忽然安靜了。他離她極近，距離正在倒數。

從什麼時候開始的，他不明白。

什麼都不明白。

//////

他睜開眼睛的時候，胸口就像被悶住一樣難受。

耿向言本來想立刻從床上起身，但在那一刻，他意識到了一件事。不知怎地，他忽然沒有力氣了。

房間仍是暗的，卻可以從窗縫溢散的光線知道，現在是白天。他慢慢地朝天花板伸出手，想起的，是用這隻手碰觸到她的那一瞬間。

但，她不在這裡了。

「哥，你要睡到什麼時候？已經兩點了耶。」耿湘云的聲音從門外響起，伴隨兩下不耐煩的敲門聲，「媽媽讓我叫你起床。」

「……今天禮拜幾？」他的聲音不大，但足以傳到門外。

耿湘云打開一道門縫，擠進來的臉滿滿困惑，「禮拜六啊，你睡昏頭了喔。」

「嗯。」

那果然……是夢。

「嗯？姚姚沒叫你起床喔？」她壓低嗓子問。

是一場夢啊。

耿向言下意識彎起嘴角，懶洋洋地說：「妳先出去，我等等就起來。」

「真沒良心。」耿湘云撇了撇嘴，「快點啦！你的午餐都涼了，自己熱一熱。」

妹妹離開後，他才慢慢從床上起身，望向沙發，她並不在那裡。

他不相信巧合。那場夢，是她造出來的吧。

有些事，耿向言想找她問問。不過，那天他怎麼找也找不到姚子螢。不管是家裡，或是曾去過的公園，甚至是那座真實存在的遊樂園。

等他回來的時候，又是晚上了。

但，他還是沒見到她。

後來，他想起自己和姚子螢第一次「正式」見面的場景。那時候在社區中庭，演技不太好的她附身了江苡薇，卻沒多久就被他識破。

想著想著，耿向言又離開了家，在中庭附近找了一圈。

那隻調皮鬼到底去哪了？要不是耿湘云還記得她，他都要以為姚姚這傢伙才是一場夢了。

後來，耿向言坐在長椅上等待，有個人在這時從他的身後拍了拍他肩膀。他回頭看，江苡薇身穿家居服，似乎剛下來扔完垃圾。

確認過眼神，一臉擔憂。

那不是「她」。

「阿言，你在這裡做什麼？」江苡薇走到他面前，小聲地問。

「沒事，吹風。」順便等某個傢伙。

她點了點頭，也在他身邊坐下，「我聽云云說，你最近偶爾會在家裡加班，蔚藍專案的需求有那麼多喔？」

她畢竟只是助理，目前在協助林沛杉做其他的專案。蔚藍這邊，她只有偶爾幫忙做會議記錄而已，知道的細節不算多。

「也還好，但要求的細節比較複雜，我在家沒事就做一點。」耿向言聳了聳肩，「不是工作做不完，只是沒事做而已，放心吧。」

他還沒說，蔚藍其實有私下找他接其他案子。公司沒禁止這件事，但因為姚子螢的關係，他不太樂意，還在拖延回覆中。

「我不擔心啦！你做事一直都很有效率啊。」她晃了晃雙腿，「我只是看你最近好像有點累的樣子。」

「有嗎？」雖然生活中多了一隻調皮鬼，但倒也不算太累。

難道那傢伙會吸走他的精氣神？但她又沒色到真的對他做出什麼奇怪的事……

耿向言皺了皺眉，困惑的樣子全被江苡薇看了進去。

「對啊，有種一直在注意什麼的感覺？在公司的時候也是。」

「……」看來，他還藏得不夠好。

「還有，你剛才是不是在找人？」她忽然問。

耿向言愣了一下，轉頭看她。她的目光搖曳，看不清楚是在擔心，還是有其他思量。

「我看你在中庭繞了很久，本來不想打擾你，但看你好像有心事，就過來了。」她

尷尬地笑了笑。

「嗯，我沒事，只是東西掉了。」他隨口說。掉了一隻鬼，也算吧？

「喔？是什麼，我幫你找找。」

「沒關係，時間晚了，我明天再找。」耿向言看了看她，溫聲說：「要回去嗎？晚

上的風也滿大的。」

她知道他是要她自己先回去，圓潤的眸子幾不可見地閃爍了一下。

有些話，她看電影的時候沒問出口。但再不問的話，她好像會後悔很久很久。

「……阿言，你是不是有喜歡的人了？」

他看著前方花草，那一如往常的景色卻忽然凝滯了。他久久說不出話，連看身邊的人一眼都做不到。

天色晚了，但他還在等。

她也在等他，可他卻連一個明確的答案都很難給。

「……沒有。」良久，他低聲說。

「嗯。」江苡薇聽出他的猶疑，嗓音帶著破碎的笑意，「那我回去囉？我爸要擔心了。」

「好。」耿向言點點頭。

江苡薇笑著揮手，而後起身走遠。他細聽她緩慢的腳步聲，一下一下，拍打著他的心岸。

「苡薇，我跟妳說過了。」他忽然開口。聲音不大，但他知道她能聽見。

江苡薇停住腳步，臉色倉皇。

——阿言，我們好久沒看電影了，之後再一起來看吧。

——沒什麼事的話可以。不過，如果妳能找一些新朋友也不錯。

——新朋友？

——嗯，妳喜歡的朋友，或是……欣賞妳的朋友。

耿向言知道自己有點殘忍。或許還有點拐彎抹角，但聰明如她，一定能懂。

「嗯？你在說什麼？」聽起來過度開朗的聲音從身後傳來。看來，她還不打算聽懂。

耿向言沉默了幾秒，還沒回答，便聽見她說：「我真的要先回去了，有什麼話下次再聊吧！」

後來，他又聽著腳步聲走遠。

再後來，一陣急促的腳步聲靠近了他。

耿向言的思緒已經沉入夜色，這時卻忽然睜大了雙眼。他起身，回頭看朝自己狂奔的那個人。

「阿、阿言……」是江苡薇跑過來，一路喘氣。

沒見到想見的傢伙，他的眸子如死水般靜了下來。

「我忘記拿鑰匙了，抱歉。」她也看見他的表情了，但還是強撐著笑容走到他身邊，拿走遺忘在長椅上的鑰匙。「那我真的走囉！」

「嗯，晚安。」

耿向言往自己家的方向走，似乎也打算回去了。江苡薇走了幾步，忽然停下。

「……你好像真的在找人，一個很重要的人。」

從小到大，她總是善良，性格膽小卻溫柔。即使對他有愛，也是默默守護，不發一語。

因此，這句話……

已經是她打從出生以來，最深的怨懟了。